トロッコ橋

よねやま順一

桂書房

トロッコ橋

装丁
川井昭夫

1

富山県の西域に三島野という広大な湿地平野がひろがる。その平野の真ん中をゆったりと北流し、富山湾にたっぷりとした水量を運んでいるのが庄川である。そのなかほどに、八十二間（約百五十メートル）の木造りの大橋が江戸時代のはじめにはすでに架けられていた。大門（だいもん）の大長橋といって加賀藩一の大橋であった。それが時代とともに川幅が広がるにつれて、昭和のはじめには三百五十メートルの木造の大橋になっていた。

その大橋のたもとにある船着場の跡は、江戸末期から明治にかけて、三島野の膨大な米を庄川の水運を使って伏木まで運び、北前船で北海道、大坂と交易した大門町（だいもんまち）の栄華の名残であった。そしてもうひとつの名残が町中に残る遊郭の多さであった。水陸運送に多くの人夫が必要であったし、第一次大戦の頃、町はずれに呉羽紡績の大きな工場が建設されたこともそれに拍車をかけた。最盛期には二十の妓楼があり、二百人の遊女がいた。

しかしその華やかだった町の面影も、大正十二年に北陸線越中大門駅ができ、主なる輸送が鉄道輸送に切り替わってから、ゆるやかに時間をかけて寂れていった。戦後十年たって、昼間見る色の剥《は》げ落ちた赤提灯が廃れた街の貧しさをあらわしていた。

船着き場の跡から庄川の土手を駆け上がったところに、昔栄えた水運の力仕事を捨て、砂利採取の仕事と川漁師とを兼業しながら、細々と生きている人たちの柳町という一画があった。真冬に笹舟を流れのゆるやかな浅瀬に止め、胴まであるゴム長靴を履き、冷たい水に浸かって鋤簾（じょれん）で川床の砂利をすくい、篩（ふるい）にかけて目一杯積みこむ。砂利の重さで今にも沈みそうなその舟を竹竿一本しならせて川岸まで運ぶ。それを黙々と繰り返して、冬が過ぎるのを耐えて待つのだ。暑い夏が過ぎて、鮎と鮭鱒の季節がやってくると、やっと自分たちの出番とばかりに庄川に笹舟を出し、川漁師として生活の糧を得る。そんな人たちの町であった。

「ほら、あっちに鮭（しゃけ）の群れがのぼって来るがいね」

清一が幼い頃、大橋の上から父の喜市郎によくそう言われて指さされた。欄干の隙間から身を乗り出して見つめると、どう見てもただ庄川の速い清流が砂利底を映しながらそこにあるだけだ。

「なあんも見えん」

「そうか……なあんも見えんか」

父親だけには意味のある、何度も繰り返された親子の会話だ。

柳町の男は川風を肌に受け、その暖かさ寒さ湿り気から魚の泳ぐ道を知っていた。清一の父、中川喜市郎も柳町の生まれだった。喜市郎は鮎の釣り上げる量が一晩で人の倍も違っていた。清一の秋の仕事は、登校前に父がとってきた鮎を雄雌に分け、竹の折箱に大きさ順に並べ、リヤカーで市場に運ぶことであった。市場に鮎の折箱が運び込まれ、その高さが他の漁師と段違いなのを見て、清一はいつも得意気に鼻の穴をふくらませていた。それを煽《あお》るように、折箱を持ってきた柳町のおばちゃんたちが溜息混じりに言う。

「きいっつぁんの鮎にはかなわんちゃ、数も数やけど、傷ひとつないがやちゃ。きれいなもんやちゃ」

鮎漁はころころといって、一本のテグス糸に二十あまりの針をくくりつけて、長い竹の釣竿で四十メートルほど流れに沿って流す方法である。砂利の上を重い鉛の分胴を使って、裸の針をころころと転がす。すると産卵で川を上ってくる鮎がかかるのだ。釣るというより、転がして引っ掛けるので下手な人ほど鮎を傷つける。だからとれた鮎に傷がなければ値が上がるのだ。

柳町は庄川とその支流である和田川とが合流する土手の上にあった。猫の額のような土地に、六十余りの世帯が長屋のように肩寄せあって暮らしていた。瓦屋根は少なく、トタン屋根ならまだしも、雨で汚れた板葺きに川原の重石を乗っけたままの屋根も多く見られた。表は一応漆がぬられた格子戸がちらほらあったが、裏へ廻ると、どこの家も礎石むき出しの掘立小屋みたいに互いに凭《もた》れあっていた。

柳町と和田川を隔てて倉町があった。遊郭を中心にして、いろんな商売の店が並んでいた。魚屋あり、鮨屋、居酒屋、八百屋、乾物屋、駄菓子屋、花屋、豆腐屋に酒屋、そして醤油屋に米屋、本格的な和菓子屋やお茶屋まである。家の表はそれぞれの体裁をなしていたが、裏にまわれば柳町とそうは変わらなかった。

その二つの町をつなぐ橋が北のはずれにもう一つ増えたのがトロッコ橋であった。トロッコの線路が走るだけの簡素な作りで、トロッコの両脇を人が一人渡ればめいっぱいという狭い橋幅であった。そんな橋を渡って、倉町の北の端で川魚店を開いたのが清一の父、喜市郎だ。戦後の混乱から少し世の中が落ち着いた昭和三十一年、夏のことである。

「おわ（俺）、月初めからトロッコの運転手やがいね。せやから青の面倒見て欲しいがやちゃ、清ちゃんに」

「……」

「面倒見てもろたら、小遣いあげっちゃ」

「勝ちゃん、それ嘘やないがけ？」

田村勝男は一年中漁の合間に小舟で運ばれた砂利を、川原から堤防まで、青という名の馬で運び上げる仕事をしていた。朝暗いうちに起きだすので昼飯時には一日の仕事が終わるのだ。幼いころに父を、そして三年前に母をなくした勝男は柳町に残された家にひとりで住んでいた。清一は小学校に入った頃から、午後にはそんな勝男に遊びを教わった。メンコのたたきつけ方、独楽のまわし方、竹スキーの滑り方、浅瀬で獲るイサザのとり方、八目うなぎの獲り方、はてはキャッチボールから自転車の三角乗りの漕ぎ方までもだ。放課後、清一は柳町のはずれにある馬小屋へ飛んでいって、青がいるかどうか確かめるのだ。青がいれば勝男の今日は仕事明けだ。

清一は、滴り落ちる汗を肩にかけた手拭いで拭きながら、どじょうの蒲焼を炭火で焼いている母きみ子に言った。

「勝っちゃん、青のめんどう見たら、こづかいくれるって」

きみ子が焼き上がったどじょうの蒲焼を十本ほど束ねて、傍にある垂れの入った壺につける。焦げ目のついたどじょうにジュウと垂れが滲みこむ音がする。

「清一はおっちょこちょいやから本気にするがいね、勝ちゃん」

香ばしい醤油と甘い水飴の香りがこれでもかと胃袋を刺激する。きみ子に突っ込まれて、床のかまちに座った勝男が太い腕でのけぞる上半身を支えながら笑っている。そして一笑いした後、勝男が慌てて真顔になりうぐいの田楽にかぶりつきながら言う。

「なんなら裏の納屋に青を連れてきてもいいがやけど」

「かあちゃん、……おわ（俺）めんどう見たいわ」

「なにだら（馬鹿）いうとんがいね。大体こんな狭いうちでどう馬なんか飼えるが？」

うぐいに辛味噌を塗った串焼きの田楽が口から飛び出さないように、勝男が赤黒く日焼けした両足をバタバタさせてまた笑っている。一日の力仕事を終えて、喜市郎の店で軽口をたたきながら昼食を兼ねた一杯をやるのが、勝男のこの夏の楽しみかただった。

「そんながより、どじょうに水やって」

川魚店といっても、もっぱらどじょうとうなぎの蒲焼が主な売り物だった。そのほかは毎朝投網で捕ってきたうぐい、鯉、延縄《はいなわ》でとった鰻、鯰を生簀《いけす》で泳がし調理して売っていた。生簀は冷たい井戸水が絶えず流れているので、手間がかからなかったが、どじょうはそうはいかなかった。ちょっとでも水が温くなったり、糞でにごると死んでしまう。日に三度は樽の水をすべて冷たくきれいなものに換えてやらねばならない。

「はようせんと、塚原のおっちゃんがもう来っちゃ」

遊びに行きたいと不服面して突っ立っている清一をきみ子が急《せ》かした。どじょうだけは田んぼの水路や小川でとれるので、塚原村の農夫の人から仕入れていた。樽の水を換えると同時に売れ残ったどじょうを移しかえて、それの一つを空にしなければならないのだ。

「水を換えたら遊んできていい？」

「ああ、そうせい」

奥で喜市郎が声を出した。朝早くからひと仕事を終えて昼寝をしていたのだ。

「起こしてしもうたちゃあ？わるいなおっちゃん」

「いいねかいね、それより八月からいよいよトロッコやな？」

「もう和田川のトロッコ橋もできたさかい。バンバンやちゃ」

「庄川の砂利をトロッコであげて、呉羽紡績の隣の引込み線まで延々四百メートルはあるがけ？」

「あるある。七百はあっちゃ。枕木も線路もあったらしくてピッカピカやちゃ」

「そこで石を砕いて、貨車にのせんがけ？」

「そこまでがおわ（俺）の仕事やちゃ」

「現場監督さん。お偉いさんやなあ」

「そんなことないちゃあ」

照れ隠しに勝男が坊主頭を右手でポリポリ掻《か》いて、うぐいの田楽をまた頬張った。

ひとまわりも若い勝男を喜市郎はかわいがっていた。田村勝男は少年兵として兵隊にとられて、戦場に出るどころか訓練も受けずに、敗戦まじかの岩瀬海岸で穴掘りばかりをさせられたという。もし敵が船でそこに上陸してきた場合、敵の上陸戦車に爆弾を抱えて腹下から攻撃するという少年特攻隊部隊だ。成功するためには穴の中で自爆することが前提である。それはまるで戦争の訓練というよりは自殺の教育実習であった。勝男は、戦争が終わって放心した抜け殻《がら》のような顔で田舎に帰ってきたそうだ。その勝男に仕事がなかなか見つからないとき、喜市郎が川魚のとり方を教え、江尻の爺っちゃんの馬を譲り受け、川原から堤防まで砂利を引き上げる仕事を世話していた。

「勝ちゃんももう二十九やちゃ。そろそろ嫁さんもらわんと、な」

「おっちゃん、おわはまだ満で二十七やがいね、今年から数えでいわんちゃ」

「男は定職やないといかんちゃ。女は嫁にこれんがいね」

焼くのに真剣で、それまで口数の少なかったきみ子が口をはさんだ。串に刺したあらたなどじょうの蒲焼を炭火の上に並べながら、しっかり男たちの会話に耳を傾け、その中に溶け込んでいる。

「そんでも、おっちゃんに悪いことしたと思っとんがやちゃ。鮎はいいとしても、鮭の季節もう舟に乗られんちゃ。世話ばっかりかけて」

「いいねかいね。わしだって夏の間、こんな商売はじめたがやさかい、心配せんと。かわりに江尻の爺っちゃんに頼むさかい。気張って稼がなあかんちゃ」

「爺っちゃん、だいじょうぶながけ?最近だいぶんきとっちゃ」

頭を指さしながら勝男が言った。誰の目にも痴呆が進行している爺っちゃんの表情を思い出しながら、喜市郎はすかさず気を利かした。

「なあに、後ろで網（たも）を持つぐらいやったらまだいけるちゃ」

「ほんまや。そういゃぼけていても、竿を持たすとしゃんと腰伸ばして舟に立つがいね」

そう言って、両手を腰に当て背をそらせるように勝男が笑い出した。

「爺っちゃんたちの頃は男は川とだけ付き合っていれば充分やったがやちゃ。江尻の爺っちゃんにわしは川のこと全部教わったがいね。爺っちゃん、投網（とあみ）投げさせたら誰にも負けんちゃ」

「若い頃、金稼いでようけ遊んだって今でもほらふくちゃ」

「ほらやないちゃ。ほんまにようけ獲ったがやちゃ。爺っちゃんは戦争中余った魚をただでみんなによう分けとったがやちゃ。男を戦争にとられた家はどんだけ助かったやろがいね」

「おっちゃんたちも若い頃ようけ獲ったがけ?」

「給料取りの一か月分を一日で稼いだこともあるちゃ」

「ほんならこの町にもようけ遊びに来たが?」

「来た、来た」

ふたりが調子に乗るときみ子が急に不機嫌になり、うちわをわざと気忙しく音を立ててはたいた。ただでさえ蒸し暑いのに、パタパタとその音が店の中の暑さをより一層上塗りする。

「ダムがいっぱいできて、魚が上流へ行けんようになって、産卵が減って、魚がめっきり獲れんようになったさかいね。獲ってから偉そうに言うがやちゃ」

きみ子の嫌味なひと言が喜市郎の心をちくりと刺す。

「清一、どじょう切るから手伝え」

「えっ、今遊んできていいって言ったちゃあ」

「そんな水の出し方をしちゃ、どじょうが逃げるやろがいね。ちゃんとざるを置いて、そんなかに水捨てなあ」

吹き出る汗も気にせず、きみ子がどじょうの蒲焼を焼きながら、流れる水の音だけで手抜きを察知している。濁って温かくなった水を捨て、生簀からの清んだ冷水にかえてやると、樽の中のどじょうは生き返ったようにいっせいに動き始める。数千匹はいるどじょうが、嬉《うれ》しいのか、酸素が足りないのか、入れ替わり立ちかわり勢いよく水面まで固まりで躍り出てまた潜る。

「トロッコをやると、青はどうする?」

喜市郎が大きなまな板の前に座りながら、声を落として勝男に聞いた。

「思案しとるがやちゃ。青も歳やし、文句も言わんと今まで良く働いてくれたちゃ。肉にするわけにもいかんし、在郷(ざいご)のほうにもきいとんがやけど」

「最近はコーウンキという機械が田んぼ耕しとるがいね」

「そうやちゃね。在郷でも牛や馬、今どき使わんがやちゃ」

きみ子の確かな言い方に勝男が素直に納得した。きみ子はこの近くの農村の出で、働き者であった。どじょうと鰻の蒲焼を焼き上げると、ちょっと身繕《みづくろ》いして大門の町の至る所に出かけていく。一戸ごと訪ねて話し込んでは売ってくる。小太りのせいか小さく見える日傘をさして、暑いなか手ぬぐいと商品の風呂敷包みを大事そうに持って出かける。商売の経験はなかったが、いつも午後の二時間ぐらいで売り上げて帰ってきた。そのうえ、数軒の遊郭から鰻の蒲焼の注文までもらってくる。お金をいくら稼ぐというより、きみ子にしてみれば、夫婦でいっしょに働けるということのほうがよほど嬉しかったのだ。

「清一、手伝え」

「へえ、清ちゃんどじょうの串刺し覚えたがけ？」

「あかん！　父ちゃん駄目やちゃ！　約束やないがけ！」

この商売を始めたとき、きみ子はかたくなに子供たちに調理の手伝いをさせなかった。清一も二歳下の弟義則にも、笹舟に乗って漁の手伝いはいいが、店の手伝いはさせなかった。せいぜいどじょうの樽の水換えだけだった。口に入るものとはいえ、子供に生き物の殺生《せっしょう》をさせたくなかったのだ。

「勝ちゃん、新しい一円玉見たか？軽いっちゃあ。アルミニウムやちゃ」

普段温和なきみ子が怒ると喜市郎はすぐに話の矛先《ほこさき》を変えた。勝男もそこは慣れたものである。すぐに相槌《あいづち》を打った。

「見た、見た！あんなもん金やないね。軽すぎて有り難味もないがやちゃ」

「一円ちゃ価値ないもんになったがいね」

「一円玉一個作るのに、一円以上かかるんやそうやちゃ」

「最近はきりのいい値段になって一円玉は誰も使わん金やちゃ」

「それに比べたら今度の新しい百円札、きれいなもんやちゃ」

「あんたら二人に似合わん話してどうするがいね。それより父ちゃん、鰻裂《さ》いて。雄権楼《ゆうけんろう》に昼間のうちに届けるさかいに」

　三十分もどじょうを切っていると、指先にどじょうの血がこびりついてくる。はじめは鮮血なのに、いつの間にか血に血が重なって赤黒い瘡蓋《かさぶた》のようにこびり付く。たわしを使って固くなったそれを洗い落とし、喜市郎は干されていた鰻用の大きな分厚いまな板を生簀の縁にかけた。

「おっちゃん、庄川の砂利のことやが、何で今まで県がやっとったがに、急に漁業組合がやることになったがいね」

「なんでかいね？ えらい人たちの考えることはようわからんちゃ」

　喜市郎が生簀を覗《のぞ》き込んで、数日前に獲ってきた太く黒々とした天然の鰻を網ですくい出す。右手に錐《きり》を持ち、左手一本で鰻をつかみ首に錐を刺す。それを厚いまな板に固定し、右手に包丁を持ち直し、鰻の背を首から尾へと素早く切り開いていく。加賀の鰻のかば焼きは江戸前に背開きし、関西風に蒸さないで直火でそのまま焼き上げるのである。

「砂利は昔から漁の合間にやったもんやちゃねえ、おっちゃん」

「わしもやってきた」

「いくら金になるからといって、漁業組合のやることやろか？」

「魚がこんなにおらんようになったさかいな」

「おわがおっちゃんから聞いたがやちゃ。流れてきた砂利で川床が高くなると産卵の魚が川をのぼりにくうなるさかいに、砂利をとって魚の通り道作らにゃならんがやちゃ、漁師はそうやって魚と川の神さんに尽くすがやと」

「わし、そんなこと言ったがけ？」

「青を連れてきて、砂利運べって、そんとき言ったがやちゃ」

「おぼえとらんちゃ」

「誰も信じられんときやったがやちゃ。国のためといって、軍隊に入ったがいけど、なんもしないで負けてしもうたがやちゃ。絶対だったもんがもうみんなメチャクチャや。なあんも信じられんかった。全部嘘やったがやちゃ」

喜市郎は鰻一匹すぐに調理し、大きな金串を刺しきみ子に渡した。そして、さばいた内臓から心臓だけを取り出し規則正しく動いているのを確かめて、蛇口の水で洗い勝男にほらと手渡した。

「精がつくちゃ」

勝男がまよいもせずそれを口の中に入れてごくりとやり、そのまま生簀の蛇口に口をつけた。元気になるからと、ぴこっぴこっと動いている鰻の心臓を、生のまま口に入れるのが清一は大の苦手だった。

「おっちゃん、おわが信じたのはおっちゃんの言ったときだけや。そんで、もうちょっと娑《しゃ》婆《ば》にいようかと思ったのが、おっちゃんと鮎釣った時やったがいね」

「そんなことあったっけ？」

「あった、あった。それまで毎日死のうとおもとったがやちゃ」

「お前のおっかちゃんが心配して頼みにきたんや。奥から出てこんと、あんときは暗かったがいね勝ちゃん」

「おっちゃんの鮎釣る姿はきれいやった」

「おだてだって何も出てこんちゃ」

「赤い夕陽を背にして、次から次へと鮎が笹舟（ふね）の中に釣り上げられて、キラキラ光って飛び跳ねる。すぐさま足元には鮎が一杯。おっちゃんの顔いい顔やったちゃあ」

冷たい生簀の中から喜市郎がビールの大瓶を一本取り出していた。そして冷えて汗をかいた瓶を拭きながら、栓を抜き、

「勝ちゃん、現場監督のお祝いやちゃ、やってくれんがいね」

「なにね？」

「おごりやがいね」

今度は明るい奇声を発しながら勝男が両手を万歳させて、コップに注がれたビールを泡丸ご

とおいしそうに飲み干した。清一は早く樽の水を入れ替えて遊びに行きたかった。同級生の宗雄たちと待ち合わせて、トロッコに乗せてもらう約束を勝男としていたのだ。

「勝ちゃん、勝ちゃんは川の音、好きながけ？」

樽の中の白く変色した死んだどじょうを捨てながら、清一は唐突《とうとつ》に聞いた。

「ああ、好きやちゃ。大門に帰ってきてなにが嬉しかったゆうて庄川の音や。夜がよく眠れる音やちゃ」

「わしも大好きや」

喜市郎も一声大きくにこやかに同意した。二人が同じ質問に同じ答えを言ったことに清一は素直に喜んだ。喜市郎の口ぐせのひとつに、庄川の音は子守唄というのがあったからだ。ビールのつまみに焼きたてのどじょうの蒲焼を二本、きみ子が黙って勝男に手渡した。

「これもおごりながけ？」

「いつものツケ。それもおごったら店つぶれてしもうがいね」

ビールをコップに注いでいる勝男にきみ子は笑いながら言い返した。鰻を付け焼きする蒲焼の醤油垂れが炭火に垂れて、香ばしい煙とともに食欲をそそる甘い蜜の香りが小さな店に充満する。

「わしらの仕事もわしらで終わりや。勝ちゃんも給料取りになったさかいいいことやちゃ」

鰻のまな板をさっさと水洗いして生簀の壁際に立てかけ、喜市郎がまたどじょうのまな板の前に腰を下ろした。勝男の質問が追いかける。

「なあ、おっちゃん。舟一杯いくらやった?」

「いくらやったがいけねえ。半分自分で造ったさかいね」

「なんいうとんがいね。舟の建造費やなしで砂利の話やがいね」

どじょうを左手にして、喜市郎はおだやかな単純作業に戻っていた。

「舟が沈むぐらい積んで……」

「百二十円やろう。おっちゃんとこはまだいいがやちゃ。百円のとこもあるがやちゃ」

「笹舟の大きさがまちまちやさかい……」

「気張っても、一日五回がせいぜいやちゃ」

「そうやちゃねえ、五回もやるとくたびれっちゃあ」

「おわ(俺)が青と一緒に働いて、明け方から昼まで一日九百五十円。砂利っていくらながいね」

「百二十円……」

「おっちゃん、トラック一台分やちゃ、今度は」

「舟の話やなくて」

「おわが一人でトラック三台分引張りあげるっちゃ」

「どうしたん？勝ちゃん急にそんなこと聞いて？」

きみ子が急に手を止めて怪訝《けげん》な顔で聞いた。

「鉄ちゃんがな……」

「鉄也か？」

喜市郎が割り込んでまた話を引き継いだ。

「うん……」

「鉄也がどうした？」

「いろいろ聞くがやちゃ、おわようわからんちゃ」

「それでいいがやちゃ、そんなこと」

力仕事を嫌う鉄也のことを喜市郎はあまり良くは思っていなかった。若いくせに要領がよすぎると清一たちに普段から言い聞かせていた。中学を出て何らかの職能を身につけて働く町の若者に比べて、鉄也は県でも優秀な新制高校を出て、呉羽紡績で従業員のための組合の仕事をしていた。鉄也は勝男より五歳若く戦後の新しい世代であり、喜市郎にしてみると眩《まぶ》しい戦後の若者であった。そして鉄也は江尻の爺っちゃんの内孫であった。

「砂利ころって誰が値段決めるがいね？」

「買ってゆくんは県やさかい県庁の人が決めるんやろね」

「おっちゃん、ほんまに金に欲がないがやちゃ」

「縁がないだけやちゃ」

「おわも鉄ちゃんにおんなじこと言った」

勝男があっけらかんと笑いながら言ったので、喜市郎までつられて笑って、最後はみんなが笑った。そこに同級生の宗雄が飛び込んできた。お下がりのだぶだぶ半ズボンに、色の落ちたランニングシャツだ。脱げたゴムの短靴を右手に持って、胸を目一杯ふくらませて、釣り上げられた魚のように口をはふはふ言わせている。

「どうしたがや?」

宗雄の異様な表情に驚いて清一は聞いた。宗雄が必死に何か言おうとしているが、まだ呼吸の息が漏れる音を出しているだけだ。

「たいへんやちゃ!」

宗雄が指差している北の鉄道の方向から博が叫んでいる。叫びながら夏草が刈上げられた堤を滑り下りてくるのだ。堤の上の線路の向こう側には石を砕く粉砕場が作られていた。一番高い位置にあるトロッコの出発の場所だ。いやな予感が走った。宗雄と博にトロッコの場所で待ち合わせようと言ったのは清一だった。トロッコに乗るのはおわがいるときだけやちゃと勝男に釘を刺されていたのだ。

「トロッコが！」

博の声が聞こえる前に勝男が走り出した。清一が表に飛び出したときは、博とすれ違いざまに勝男が高い鉄道の堤をよじ登っている。和田川まで行けば堤の下を潜り抜ける道があるのだが、まっすぐよじ登ったほうがはるかに近道なのだ。運動神経のいい勝男のたくましい脚のふくらはぎの筋肉が盛り上がっている。

「どうしたが？」

近づいてきた博に清一はもう一度聞いた。

「トロッコが走った」

博が息も辛そうに和田川を指さした。清一は駆け出した。カッと真上の太陽が熱い。堤を駆け上がらないで清一は下の細い横道を選んだ。宗雄も博も後を追いかけてきたが、清一はちらっと振り向いただけでわき目もふらずに走った。鉄道の堤の下を潜り抜けると視界が一気に広がった。はだけた黄色の開襟シャツをマントのようになびかせて、半ズボンの勝男が懸命にトロッコ橋の上を走っている。清一も勝男の後を追って橋を渡る。乾いた木の橋がばこばことズック靴の足音をふくらませる。下を流れる和田川の水があいも変わらず温《ぬく》そうでゆるやかだ。トロッコは庄川の川原まで行ったのか、柳町のトロッコの線路上にも見当たらない。青のいる馬小屋の横まで走った勝男が急に立ち止まった。大きな桜の樹々が葉陰を作り、その合間から遠大な庄川の流れを見渡せるところだ。葉陰に冷やされながら勝男が口を大きく開けて呼吸し、からだを前に折り曲げ、両手をひざの上に置いて川原を見ている。

「トロッコは?」

勝男に清一が追いついた。勝男の激しい上半身の動きから彼の指さしている川原に視線を移した。川原の平らなところに、夏の陽を浴びたトロッコが三台連なって何事もなかったかのようにくさくくっきりと見えた。トロッコの傍で一組の夫婦が笹舟から砂利をスコップで降ろしている。浅瀬で二羽の白い小鷺《こさぎ》が長い脚をゆったりと動かし餌をついばんでいる。見慣れた夏草の揺れまでが止まって見える静かな風景が広がっていた。

「よかったちゃあ」

ひと息ついて、勝男がつぶやきながら川原への坂道を歩きだした。清一もいっしょに下りようとして後ろを振り返った。宗雄と博がトロッコ橋をよたよたと歩いてくるのが見えた。それはいつもの暑くてけだるい真夏の田舎町の光景だった。川の音をかき消す無数の蝉が鳴いている。清一はトロッコが無事でほんとに良かったと思った。ひんやりとした湿った川風が足元から肩に吹き上げてくる。安堵した心が心地よく涼やかな川風を受け入れていた。

勝男と清一が並んで青の小屋の出口に差し掛かろうとしたとき、乱雑に接《つ》ぎあてした木の扉が軋《きし》みを立てて突然開いた。

「どう！どう！」

開いた扉の真ん中に、江尻の爺っちゃんが青を引いてあらわれた。

「おらおらおら！」

爺っちゃんのかすれた掛け声が響いて、青が鼻息も荒く首を縦に振っている。蚊や虫を払いのけるためにふさふさした尾を体にたたきつけるように横に振り、前の右足を何度も何度も上げている。勝男があわてて脅かさないように近寄る。

「爺っちゃん、どうしたがいね」

「おばばがよんどるがやちゃ」

「なにすんがいね、爺っちゃん」

「みんなで一仕事やちゃ」

「青は今日はしもてしもうて（終わって）上がりや」

「おばばが砂利ころをあげとる。手伝ってやらんと」

日焼けで赤茶けた細い身体の爺っちゃんがあばら骨を浮きあがらせ、歯の抜けた口を開け、薄くなった白髪の毛が逆立っている。黒の地下足袋をはいてくすんだ白の越中褌《ふんどし》一つで立っている。

「青はもう庄川の水で拭いてやったがやちゃ」

勝男が必死に気の立たんように爺っちゃんを説得した。それに江尻のお婆はもうとっくにこの世にはいないのだ。

「今日はしもてしもたがやちゃ」

「おらおらおら！」

手綱を引き青の首を優しくなだめながら、勝男の言葉が聞こえないのか爺っちゃんが背筋を張って坂を下りだした。従う青もずんぐりした茶褐色の大きな尻を黒い尾とともに堂々と左右に揺らして、嬉しそうに河原へと歩いている。

「爺っちゃんがトロッコのワイヤーはずしたがやちゃ」

そういいながら博が追いついた。

「石切り場の砂利を積んで、おわたちにも乗れって。なあ宗雄」

遅れて追いついた宗雄がただうなずいた。

「トロッコ、すっごい速さやったがいね、なあ宗雄」

博の興奮した早口の言い方に宗雄がまたうなずいた。

「和田川の橋をものすっごい音出して渡ったちゃあ。爺っちゃん喜んでいたがいね。カッコウ良かったがいね」

体の小さい博は普段からよくしゃべった。体の大きい宗雄は一言だけ付け足した。

「おとろし（おそろし）かった……」

江尻の爺っちゃんは勝男の向かいの家に住んでいる。両家は勝男が小さいころから家族同様の付き合いだ。爺っちゃんの顔を見ると、勝男が子供の頃なくした父親の顔にいつも重なって見える。最近、爺っちゃんは急に昔の世界に戻るという。否定されると頑《かたく》なに昔の自分の殻に閉じこもるらしい。仕方なく少し放って置くと、また今の娑婆に帰ってくると勝男が笑いながら喜市郎に話していた。

爺っちゃんと青が川原の平坦なところにたどり着き、手際よくトロッコのロープを青の馬具にくくり付けている。そしてトロッコの一番前にひょいと乗り、手綱を手に誇らしげに立ち上がった。

「爺っちゃん……」

勝男はふっと我に帰り血相を変えて走り出した。手綱を持った顔の表情が若い頃の爺っちゃんに戻っている。何かおかしいと本能的に危険を察知したのだ。勝男はそのとき岩瀬海岸での少年兵のときのことがよぎった。穴を掘って上陸する敵の戦車に爆弾を抱えて自爆するという上官の作戦意図は理解できるが、迎え撃つわが方の戦車は市外から海岸までどう走り来るのかと。まさか逃げまどう人民を道路で踏みつぶしてくるのかと。そんな単純な疑問さえ口にできなかった極小の不安だった。勝男は考えがまとまらないまま走り寄った。清一と博と宗雄の少年たちも勝男の後を追って一緒に走り出した。

「おれおれおれ！」

爺っちゃんのかすんだ声が一段と怒声に変わった。青の首が前のめりに丸くなり、右前足を動かしながら他の三本の足で頑強に踏ん張っている。連なった三台のトロッコが大きな貨車のようにゆったりと滑り始めた。

「おれおれおれ」

爺っちゃんの声が続く。堤防の坂を走り下りるみんなを待たずに、青は意気揚々《ようよう》と三台のトロッコをひいて歩き出す。

「爺っちゃんやめろ！」

勝男はトロッコに駆け寄って爺っちゃんの横に飛び乗ろうとした。

「勝治！大丈夫やちゃ」

爺っちゃんが顔じゅう口にしてくしゃくしゃな大声を出した。勝男は思いもよらぬ自分の親父の名前を言われて、はみ出した横板に足をかけようとして踏み外した。爺っちゃんは完全に三十年前のはつらつとした爺っちゃんだ。

「おれおれおれ」

爺っちゃんはまた掛け声をかけ直し、馬とトロッコは滑らかに坂を上り始めた。青は荷役馬である。胴体がずんぐりと大きい割に足が太くて短く、荷を引くときの力強さはとても老馬とは見えない。茶褐色の肌艶《はだつや》がひかり、膝から下の長い毛はまるで火消しの纏《まとい》のように舞っている。坂を駆け下りたところで見ていた少年たち三人は、通り過ぎたトロッコに走り寄って声を張り上げた。

「乗っていいけ」

「ああ、乗れ乗れ」

爺っちゃんが返事をする前に清一たちは真ん中のトロッコに飛び乗った。半分ほど小砂利が入っていたので、縁の柵をまたげばすぐに箱の中に入れた。映画で見る幌馬車のカウボーイの気分になり、三人は思い思いの奇声を発してはしゃいだ。勢いよく坂を登り始めたトロッコは百五十メートルほど滑り上がって急に動かなくなった。傾斜がきつくなるところだ。

「おれおれおれ」

爺っちゃんのかすれた声が激しく飛ぶ。トロッコがわずかに上に動くが、すぐに少し下がる。そのことが繰り返されるうちに、トロッコが微動だにしなくなった。爺っちゃんは何を思ったかあわててロープを金具からはずした。敷石の底から溶けるような地響きがして、聞きなれた大きな放尿の音がした。

「青がたれた」

博が笑いながら言ったその瞬間、痙攣《けいれん》する馬の腰がぐらりと目の前から消えた。子供たちは一瞬何が起きたかわからなかった。

「清一、伏せろ！」

と威嚇《いかく》する声で誰かが叫んだ。三人はその声の異様さに驚いて、互いの背中を掴んで砂利の上に腹ばいになった。頭から真逆さまにトロッコが元来た川底へと下り始めたのがわかった。ものすごい勢いで下る鉄の車輪とレールの音がからだの中を突き抜けていく。博のシャツに食い込む清一の指先に力が入った。途中でぐしゃっと鈍く重い米俵が踏みつぶされる音がした。

「じっとしてろ！動くな！」

今度ははっきりと喜市郎とわかる叫び声が追いかけてきた。坂が終わって平坦になるところで一度ふわっとトロッコごと宙に浮いた。三人はトロッコが緩やかになるまで小砂利に顔を強く埋めていた。トロッコが完全に止まって、清一は顔をもたげ坂のほうをチラッと見た。テトラポットを隠すまで繁った夏草の間を、喜市郎と勝男が坂の上から覗き込んでいる。

舟から砂利を降ろしていた本江の爺さんと婆さんが物凄い形相でスコップを投げ出し、腰を曲げたまま駈けより、三人をせかすようにトロッコから降ろしてくれた。そしてみんなに坂の光景を見せないよう、間に立って肩に手を当てて抱いていてくれた。

「見んでもいいがやちゃ」

婆さんのかすれた声が小さくふるえて頭上でした。婆さんの片言のことばに青と爺っちゃんが崖下に落ちたことを三人は知った。はじめに宗雄が泣き出して、清一、博も泣き出した。泣きじゃくるように泣いた。時間がたって三人が泣き止んだとき、町の人だかりができた中で突然パーン、パーンと今まで聞いたことのない、切り裂くような乾いた音がした。

「じんだはん（巡査）やから心配せんでいいちゃあ」

本江の爺さんが婆さんの後ろに立って、手を伸ばしていっそう強く視界を遮って、子供たちを抱え込んでくれた。ちょうど柳町のはずれに派出所があった。三人の子供たちにはその乾いた音が巡査の拳銃音だとは夢にも思わなかったのだ。

2

暦は九月に入り暑さもやわらぎ、鮎の季節が始まると、今年も柳町で秋祭りの獅子舞の稽古が始まった。大門町の秋祭りは柳町の若衆たちが獅子舞を町中の家に奉納するのが決まりだ。日も暮れた頃、大太鼓の響きや横笛の音が和田川を挟んだ倉町にも届いてくる。柳町の往来の一角に裸電球がぶら下がり青年団を中心に男衆が集まり、いくつかの演目を繰り返し稽古する。隣の花街でも遠くで鳴る大太鼓が虫の音に変わる涼やかな秋の夜の始まりだ。

峰子といっしょにその大太鼓の低い響きを、清一は彼女の家の押入れの中で聞いていた。目の前の峰子がすぼめた唇に人差し指を立て、声をだすなと指示している。晩ご飯の後、峰子の家でリコーダーの指使いを教わっていて、急に引っ張り込まれたのだ。ガラガラと峰子の家の玄関の戸が開かれ、人が入ってきた気配がしたからだ。押し入れの中で峰子がまだ口に指を当てている。

「ネックレス返しますえ」

酔った峰子の母のやわらかな関西なまりだ。その声も最後のほうはなにかで塞《ふさ》がれて消え入りそうだ。

「……だら（馬鹿）いうな、そんなもん返すことないちゃ」

鼻にかかった低い男の声が聞こえる。

「お座敷で先生の話し面白おしたえ」

「布団引いてあるがか？」

「ここがわたしの寝るとこ。毎晩寝てますえ。あきません？」

二人とも呂律《ろれつ》が回らずひどく酔っ払っている。どうやらそのまま玄関脇の三畳の部屋に倒れこんでいるらしい。しゅるしゅると着物が、帯が擦《す》れる音がする。そのとき、楽譜を置いてきた奥の部屋で風邪のために寝かしつけてあった四歳の澄夫がぐずりはじめた。

「かまわんちゃ。かまわんから……」

男の荒れた声がした。と、すぐ押し入れの襖越しに澄夫がまたぐずる。

「気にせんといてぇ」

男を子供のようにあやす峰子の母の声が聞こえたとき、峰子が音を立てずに押入れの襖を開けて、清一にそこにいてと合図して襖を閉めた。すぐに澄夫が峰子に甘えるような声をだした。

「見て来んがか」

吐き捨てるような酔っ払った男のいらだつ催促に、

「心配せぇへんでも見てきます」

峰子の母の落ち着いた声が張り詰めた緊張を緩和するように聞こえた。そのあとすぐに男が咳ばらいをしたとき、清一はハッと思い出した。この前の県会議員の選挙演説で聞いたしわがれた特徴のある声だと。峰子の母が奥の部屋への襖を開ける音がする。

「ごめんね。澄夫が起きていたんぇ」

母に対して気を遣う峰子の大人びた声がする。

「晩ご飯は?澄夫は食べたん?」

「大丈夫。澄夫の熱、さがってるさかい」

「咳してるん?」

「大丈夫やと思う」

母に抱かれているのだろう澄夫の喜んだ言葉にならない声が聞こえてくる。

「おかあちゃん、行って。大丈夫やさかい」

澄夫を布団に戻して表への襖を締め、峰子の母が玄関わきの小部屋へ戻って行った。清一は意味もわからず体が硬直し暗闇の中で息を一気に吐き、唾を飲み込んだ。そのときはじめてこの押入れの匂いが自分の家の押入れの匂いと違うことに気がついた。うっすらと漂う甘酸っぱい布団の香りに体の芯が熱くなるのを感じた、清一は深く息を吸って、いつまでもここに座って居てもいいと思った。

「煙草は吸わんといて」

きっぱりとした峰子の母の声が突然聞こえてきた。また荒々しい服の擦れるような音がかさなっている。

「なんやちゃ、これは？小雪！」

「まあ、すいません。気つかんで。今拭きます」

峰子の母は小雪という働くときの名前があると、清一は母のきみ子から聞いていた。気風のいい女やちゃって、きみ子が珍しく褒《ほ》めていたのを思い出した。

「大丈夫やわ。下の子のゲロです。さっき寝ているときに戻したんぇ。それが寝間着についてしもたんやわ」

「ウエッ！」

男がばたばた服を忙しなくはたく音がする。その音の後に複雑な沈黙の空気が流れた。かわりに柳町で稽古をしている激しい獅子舞の大太鼓の音が床から伝わってくる。

「気をそいでしもうて……で、どないします？駅までお供します？」

「いい！タクシーで帰るっちゃ」

「じゃあわたし、その辺まで送りますぇ」

男を玄関の外まで送り出し、峰子の母が奥に向かって、

「峰子、店に戻るわ」

と、声を落としながら告げた。ふたりが出て行ったのを確認して、峰子がゆっくり押入れの襖を開けた。

「ごめんえ」

そう言って、手をさし延ばして押入れから出るのを手伝ってくれる峰子に、清一は気にしないでとただ首を横に振るしかなかった。

「誰にも言わんといて」

「えっ、なん？」

「おかあちゃんのこと……」

どう返事をしていいのかわからなかったが清一は首でうんわかったとこっくりと肯《うなず》いた。と

同時に博や宗雄だけでなく、クラスのみんなにも内緒にすると誓った。峰子に笑顔が戻ったとき、転校してきたばかりの彼女との共通のささやかな隠し事ができた思いで嬉しい気分になった。

「おおきに。ほな、続きをやりましょ」

楽譜を峰子がまた開きなおした。部屋の隅の小さな敷き布団の中で、いつの間にか澄夫がちっちゃな手のひらを開いて眠っていた。

雄権楼の置屋の長屋に峰子たちが母子三人で引っ越してきたのは、夏が盛りの八月の初め、馬の青が死んで一週間もたたない日であった。四軒の玄関が連なっている長屋は中川川魚店の二軒先の斜め向かいにある。二畳ほどの玄関があり、その横に三畳の小部屋がある。つづいて次の間の六畳があって奥に八畳の部屋がある。二つの和室には奥行き半間の押入れが付いていて、その奥に各家につながる幅広い廊下があり、そこに共同で使用する大きな台所があった。

「ごめんやす」

小雪の来訪は夏の雷のように突然の出来事であった。

「はあ……」

うだるような夏の暑さの盛り、よどんだ男たちの息の中に白鷺が舞い降りる。男三人は不意を突かれ、同じ音を口から発したが、それぞれに静止した格好は違っていた。喜市郎は座ったまま左手にどじょうを握り右手に包丁を持ち、勝男が左手に飲みかけのビールの入ったコップと右手にビール瓶を持ち、清一は左手にバケツを右手にざるを持って店の中で突っ立っていた。

「暑ぅどすな」

「はあ……」

「鰻のいい匂いに釣られて来ましたんや」

「はあ……」

女は長い髪を簡単に括り上げ、白地に藍模様の浴衣を着こなし、赤の帯が身体の括《くび》れをきゅっとしめしていた。

「鰻は子供たちも大好きです」

「はあ……」

「これっ、引越しの挨拶です」

だされた大門（おおかど）素麺《そうめん》の包みを見ても、

「はあ……」

三人ともなんとも寝とぼけた同じ返事をくり返した。きみ子はとっくにどじょうの蒲焼を売りに出かけ、男三人が店番をやり奥に弟の義則が昼寝していた。その夏の稲光のような美しい女性（ひと）の突然の来訪に、男たちは目を丸くしているだけで愛想のある返事が誰もできないのであった。

「さっき、おばちゃんに会いましたさかい、堅苦しい挨拶はいりません。小畑といいます。あんじょうお願いします」

括り髪を落とさないほどに斜めに軽く首をかしげて挨拶すると、女はさっと踵《きびす》を返した。細く括れた帯を中心に、ふんわり小高く盛り上がった胸とお尻、白くてすらりと細い首に足の脛。赤い鼻緒の下駄をからころと鳴らして長屋の玄関に戻って行った。

「今の誰け？」

挨拶された大門素麺の包みを手にして勝男の質問がまず飛んだ。つづいて、

「わらびしー女性（若々しいひと）やね」

魅入られたように後姿の女を見つめている。

「知らん。誰け？」

喜市郎が聞きなおしたとき、

「坊（ぼん）が清ちゃん？」

長屋の玄関口でこちらにくるりと振り向いて、ぽかんと川魚店の水場に立つ清一に女が声をかけてきた。

「そやけど……」

意外にも名前を呼ばれたことに気持ちが高揚したけれど、清一はわざと興味なさそうに無愛想な返事をした。

「うちの峰子が清ちゃんと同い年ぇ。秋から大門（だいもん）小学校の同じクラスやよってよろしくぇ。めんどうみてや」

はにかむように笑顔を残し軽くお辞儀をして、女はガラガラ戸を横に引いて閉めた。


その夜、清一は死んだ青の夢を見た。清一が庄川で町の子供たちと泳いだあと、紺の海水パンツ姿で柳町を通り過ぎようとすると、往来のど真ん中に青がいた。あっ生きていると驚くと、青はやーっと広い歯茎を見せて笑って声をかけてきた。馬が笑うかと思ったら、そばで江尻の爺っちゃんが手に鍬を持ち、足で木箱の中の粘土を踏み捏《こ》ねていた。堤防から落ちた時、青の体の上に落ちた爺っちゃんは今、高岡の市民病院に入院している。いつ戻ってきたのと聞こうとしたら、

「よう！」

爺っちゃんが歯のない口を開けて明るく笑った。壁土を捏ねているんだと、清一は言おうとしたが声にならず、手を上げてごまかそうとしたら、いつの間にか自分の手が馬の蹄《ひづめ》になって

いた。びっくりしてワーッと走り出したら身体がいつの間にか青になっていて、堤防を大きく飛び越して、和田川の暗い奈落の底に限りなく落ちてゆくところで目が覚めた。

暑くて汗が出たのか、夢を見て汗をかいたのか寝苦しいので、清一は蚊帳の裾をはらいこっそり抜け出して手洗いに立った。勢いよく用を済ませた後、背伸びをすれば手が届く小窓を開けて、和式の便器の丸い部分に足を乗せ、指で踏みしめて覗いてみた。月明かりの中で置屋の長屋の一番左の家だけが電球の灯りがついていた。ガラス戸の内側に障子戸があって中は窺《うかが》い知れないが、峰子ってどんな子なのかと思った。

八月十五日の盆が過ぎると、昼間の暑さは一向に衰えないが、北陸の朝晩はしっとりとした湿り気を肌に残す涼しさになり、みんな短夜の寝苦しさを忘れて誰もが深い眠りをむさぼるようになる。

「なっとおー、なっとなっと、なっとおおー」

朝六時ごろ決まって清一と同じ年頃の少年が自転車で納豆を売りにやってくる。藁《わら》に詰めたり、薄板でくるんだりそれぞれ味も風味も違う自家製であった。

「清一、いつまで寝とんがいね。あの子はもう仕事しとんがいね」

「納豆やったら、こうといて」

夏布団をしがみついて離さない清一にきみ子が容赦なく言葉を浴びせかける。

「納豆やないがやちゃ。向かいの峰子ちゃんが朝はようから表掃除しとんがいね。恥ずかしいないがね」

峰子という名前に飛び起きたい衝動に駆られたが、清一はわざと無関心を装い、寝返りをうって布団を頭にかぶせた。

「ほんまに男の子は使いものにならんがやちゃ」

ぶつぶつ言いながら台所に行った母を廊下の軋みで確かめて、こちらの姿を見られないように壁に背をくっつけて、横窓から表を盗み見た。おかっぱ頭の色の白い女の子が玄関の引き戸の桟を一本一本丁寧《ていねい》に雑巾で拭いている。洗い立ての薄いピンクの花柄模様のワンピースを着て、思いっきり腕を上に伸ばして拭いている後ろ姿に朝陽があたってまぶしかった。

「あんちゃん、今日は魚とれんかったわ」

弟の義則が重いカンテラと短い竿を引きずるように持って帰ってきた。

「とうちゃんは?」

いつもいっしょに帰ってくる喜市郎の姿がどこにも見えない。

「舟であとを追いかけるって」

漁がうまくいかなかったときに義則が見せる投げやりな返事だ。声に元気がないだけでなく、意味がわからないことを言っている。

「あとって、どうしたん？」

「魚がいっぱい浮いとんがやちゃ」

「どんな魚？」

「うごいに、ふなに、ちっちゃいあゆ、それにぼら」

「電気か？」

「デンキ？」

「電線を川に入れて、魚をふかして取る悪いやっちゃ」

「ふかすって生きとんがけ？」

「そうや。気絶して、しびれとるだけやちゃ」

「じゃあ食べれるんか？」

「どこらへんに浮いとんが？」

「和田川のトロッコ橋からだいぶん下やがいね。そっから庄川の下のほう、ずうとまでやちゃ」

「行こう行こう」

「あかんがいね、あんちゃん。やっぱし死んどるわ」

「どうして?」

「舟からとろうとしたがやちゃ。父ちゃんが触るな!って怒ったがいね。どの魚も真っ白やった。うろこも、尾っぽも、めん玉も」

喜市郎は川魚店を営んでから、死んだ川魚を決して扱わなかった。鮭、鱒、鮎は別として、必ず自分の手で包丁を入れた魚以外は商品として出さなかった。

「ふうん……」

「父ちゃん勝ちゃんを呼びに行った。魚の死んだ行列を見てくるって」

清一は、なんだ食べられない魚なのかと気が抜けて、ふと振り返ると峰子の姿が見えなかった。玄関の前の土むき出しの道に箒《ほうき》ではいて水がまかれた跡があった。ところどころ表面が濡れていて涼しげだった。

「ラジオ体操の時間やちゃ。はよういかんと遅れるちゃ」

奥の台所からきみ子が叫ぶ。あわてて清一は廊下の奥にある洗面所で歯磨きをして顔を洗う。義則を連れて玄関から飛び出すと宗雄と博が待っていてくれた。小学生だけが五十人ほど集まり、浄苑寺の境内でラジオのボリュウムをあげて身体を動かした。こんなので身体が鍛えらるのかな?といい加減な動きをしていると、

「清ちゃん、ちゃんとからだ動かさなあ」

一つ歳下の美智子がさっそく後ろから声を飛ばしてきた。上級生も一目置いている頭のいい美智子の声が届いて、清一は急に優等生のような行儀のいい体操をして見せた。そんな清一の変わりようを見て、彼女の周りで身体を動かしていた美智子の同級生の笹田の洋子ちゃん、中条の夏江ちゃんが口に手を当て、清一の両隣にいた博と宗雄は目配せをして笑いをこらえていた。

出席した判をカードに押してもらって清一と義則が帰宅すると、川魚店の店先で喜市郎と勝男が神妙な面持ちで話し合っていた。

「たしかに紡績の排水口からやちゃ。白く濁った水がでかいと（たくさん）でとったがいね」

喜市郎の確信を込めた声がまず聞こえてきた。

「魚が浮いとるのはそこからやちゃ」

勝男がうなずきながらそれに念を押した。

「まちがいないちゃ」

「染料でも流したがやろか」

「そういえばここんところ、ちょくちょく魚が死んでるがいね」

「染料であれだけ死ぬやろか？」

「勝ちゃん、鉄也にこのことを言って、紡績工場に聞いてもらえんやろか？」

「鉄っちゃんに？」

「鉄也は口が立つさかえ、少しは本当のこと聞けるやろがいね」

「わかった。これから寄って頼んでみるちゃ」

ことの異様さに勝男も何か感じたらしい。喜市郎の頼みにうなづいて、北のトロッコ橋に向かって帰ろうとする勝男に家の奥からきみ子が声をかけた。

「勝ちゃん、よかったら朝ごはんどうけ？なんにもないがやけど」

「あんがとう。おわもう食べたちゃ。あっ、清ちゃん今日のひんま（午後）に八目（やつめ）取りして遊ぶまいけ？」

「博と宗雄、つれってってていい？」

「ああ、いいがやちゃ」

「勝ちゃん、トロッコは？」

喜市郎の声が心配事を探るように割り込んできた。

「川床（した）から砂利をあげる人が足りんもんで、今日は朝早くで上がりやちゃ」

「せっかくトロッコで運ぶことにしたがいね。なんとかならんがけ？」

「機械を入れるつもりやて」

「機械いうてどんながけ？」

「ブルドーザーいうて、川原で砂利をわーと集める機械やがいと」

「そうけぇ。そんな便利なもんあるがけ。トロッコがあっても砂利がないと商売にならんちゃ。爺ちゃん婆ちゃんばっかりやもんね。今どき笹舟（ふね）扱うもんは」

竿と櫓《ろ》を家の脇のあいているところに立て干しながら、今度は喜市郎が妙に納得した顔でうなずいていた。勝男は返事を返さないまま、肩を振って歩き始めていた。鉄道の堤防の下のあぜ道を歩いて、和田川のトロッコ橋を渡って柳町に戻って行こうとしている。清一は何か聞くことがあったのにと胸につかえたものを抑えたまま勝男の後を追いかけた。

「勝ちゃん！」

トロッコ橋の真ん中で勝男に追いついた。清一は苦しい息のまま、勝男の顔を下から覗き込むように聞いてみた。

「江尻の爺っちゃん、どう？」

事故があってから、清一の家ではその話は禁句であった。清一の気が晴れるまで喜市郎ときみ子が一言もそのことについては触れないようにしていた。

「ああ、あんがとう。爺っちゃん大分よくなっとるわ。心配せんでいいちゃ」

「青といっしょに下まで落ちたん、ほんまけ？」

「青の体の上に落ちたんやちゃ」

「痛かったやろうね」

「骨が折れただけですんだがやちゃ。青のおかげやちゃ」

「爺っちゃん、死なん？」

「今頃、高岡の市民病院で青の夢見とっちゃ」

「青の夢ならおわも見た」

「わろとったろ」

「えっ……どうしてわかるが？」

「あいつ、いつも歯をむき出してわろとった。馬も犬も情深く生きとるがやちゃ」

（じょうって何？）と清一は聞こうとしたが、

「清ちゃんひんま（午後）なっ」

と勝男が要件を告げるだけ告げて背を向けた。勝男の引きずる草履音とトロッコ橋の小さな軋み音がすすり泣いて聞こえる。勝ちゃん、青をなくした悲しみをまだ背中におんぶしたままだと清一は思った。


どじょうの水をせっせと換えて、竹竿を抱えて、清一は和田川にあるトロッコ橋の下流の板一枚張り出しただけの笹舟の舟着場に向かった。昼間の太陽は相変わらず高く、シャツからはみ出している真っ黒の首すじに暑さがヒリヒリと絡みついている。清一は大きなゴム草履を引きずりながら、自分の背より伸びた夏草の中の細い道を土手から降りていった。川の水はゆったり流れて粘土質の底土がどんなふうに沈殿しているか見えるほど清んでいた。

砂利の上を滑るように雪解け水が大量に流れる庄川の生き物は直線的に突き進む鮎や鮭、鱒が多い。それに比べて、和田川の魚はうごいに鰻に鮒で、ごくたまに投網に鯉や鯰がかかるくらいだ。それらは緩やかに円を描くように流れになじんで棲息していた。深さのある水溜りでは、川えびや水澄ましまでがそれぞれの楽園をつくっている。なかでも八《や》つ目《め》鰻は底の浅い瀬で、硬い粘土に吸い付いて生きている。ほおっておくと同じところに丸一日吸い付いて、楽園の流れにゆらゆらと身を任せ、穏やかという意味では和田川にぴったりの魚であった。何匹かかたまってゆらゆらしているので川藻に間違われやすいが、柳町の漁師が見つけるのには造作もないことであった。

博と宗雄はもう舟に乗っていて、片足を縁に乗せて傾きを作り、水掻きで舟に溜まっている生暖かい溜まり水を掻き出していた。二人ともランニングシャツに紺の海水パンツである。博が顔を上げて、にこっと笑って声をかけてきた。

「清ちゃん、遅い遅い。もうすぐ勝ちゃんが来るがいね。来たらすぐ舟、出すがやちゃ」

「博、箱めがねとギャグもって来た?」

遅れた照れくささを清一は話題をそらしてごまかした。

「ある、ある。」

「ギャグってなんけ？」

宗雄が神妙な顔をして博に聞いている。

「川底に吸い付いている八つ目鰻を引っ掛けるやつやがいね。ほら、この短い竹竿の先に四本の大きな釣り針が開いて縛ってあるがやちゃ」

身振りも交えた博の得意の講釈である。

「ふうん、じゃ箱何とかってのは？」

「ほら、箱の底にガラスが張ってあるがいね。川の底がすっきりよく見えっがやちゃ」

「八つ目鰻って釣るんやないが？」

「宗雄はこの町におって、そんなことも知らんがいね？」

「はじめてやちゃ、八つ目とりは」

「博、勝ちゃん、まだ見えんけ？」

二人の会話を清一がさえぎった。

「なあん、まだやちゃ」

「勝ちゃんの家（うち）へ行って、呼んでくっちゃ」

舟に乗らずに獣道のような細い道を清一は戻ろうとした。

「悪い悪い。ちょっこ（少し）昼寝してしもたがいね」

振り向くと、勝男が長く伸びた夏草の間から、長い竹竿を右手に持ち投網を左肩に背負いながら歩いてきた。勝男が笑顔で歩いてくる。それだけで清一は嬉しくなって、持っていた竹竿を舟の舳先《へさき》のそのまた先の流れに槍のように投げた。そしてすばやく笹舟に飛び乗った。舟は大きく横揺れし、三人の子供は大袈裟に調子を合わせて左右に体重を移動させ、舟の左右の揺れを絶やさないように声をあげて愉しんだ。舟で作られた横波が三十メートル幅の対岸に幾重にも走ってゆく。揺れが収まると、さっき投げた竹竿が舟の横にいい具合に流れてきて、清一はすばやくそれを手にした。

「清ちゃん、今日はもうひとりいるんや」

水で濡れた竿を手のひらの中で滑らしながら、腰を落としたまま清一は見上げた。勝男の姿が真上の太陽の白濁した輪に入って眩《まぶ》しくてよく見えない。使い慣れた漁師のように竿のトッコウ部分を川底に刺して立ち上がった。

「峰子ちゃんとゲンタや」

勝男が夏草に隠れた細い道を譲るように横に動いた。後ろに小さな子犬を抱いた峰子が立っていた。大きな麦藁帽子の影で、表情がよく見えないが、目が大きく肌が白く透き通っている。

抱かれた茶色の子犬が、峰子の口の周りに舌を伸ばしてぺろぺろしているのが可愛いと思った。それに彼女の手のひらからこぼれた尾っぽが左右に小刻みに揺れ動いている。

「ゲンタ……」

子犬の舌から顔をよけながら、峰子が頭を三人に下げた。

「清一に、博に宗雄やちゃ。大門小学校でみんな峰子ちゃんと同じクラスや」

勝男が一人一人の少年たちを指さしながら峰子に紹介した。

「どうしたん？清ちゃん顔が赤いがや？」

勝男の声に博と宗雄が同時に清一を見た。

「暑いだけやちゃ」

清一はとっさに顔を太陽に向けて、左手でパンパン顔をたたいて陽に焼けたことを強調した。

博も宗雄も

「そうや、暑い暑い」

と仲間内の相槌《あいづち》を打ってその場を助けてくれた。

「待たしたおわが悪いがやちゃ、堪忍やがいね」

勝男が舟の舳先に竿と投網を置いて、右足を舟着場の踏み板に左足を舟の中に入れて、峰子においでとばかり両手を広げた。彼女は子犬を前に突き出し、自分は自分で乗れるというしぐさをした。峰子は子犬を渡し舟の後ろのほうにまわった。

「寄せてぇ」

小声で言って、竿を持っている清一に軽く手を合わせた。清一はドキッとした。そんなしぐさで頼まれごとをされたことはなかった。川底にさした竿にそっと力を伝えて、心臓の鼓動を見透かされないように、川面を撫でるように静かに舟を横に滑らせ峰子に近付けた。

「おおきに」

彼女はワンピースの裾を腰の辺りで摘まみ上げて、白くて長い脚を舟に伸ばした。赤いズック靴が白い素足に似合っていた。清一は視線をずらしながら、踏ん張っている両足に力を入れ舟の平衡を保った。博と宗雄は舟の中で、尾っぽを振って愛嬌を振りまいている子犬に夢中になっていた。

「何という犬ながいね?」

宗雄がゲンタの口に手のひらを寄せながら聞いた。

「雑種やちゃ」

博がわかっているように強い口調で答えた。

「違います。柴犬《しば》ですぇ」

「何でゲンタって名前つけたがいね」

宗雄は峰子を見ながら聞いた。

「目がくりくりしてますやろ」

「……！？」

「元気そうで可愛いでしょ」

峰子の明るい言い方に男の子たちは誰も異をとなえなかった。

「清ちゃん、峰子ちゃんを生簀の上に」

勝男が清一にいざ出陣とばかりに指示を飛ばしてきた。こんなに表情が明るく気合が入った勝男の声は久しぶりだ。

漁師の笹舟には真ん中に一メートル四方の箱型の区切りがあり、小さな横穴から川の水が出入りする生簀になっている。そこに獲った魚を入れ、生かしたまま運んでくる。生簀は板でふたをして、人が座れるようになっていた。

「ゲンタを抱いてそこに座（ねま）ればいいが」

勝男が自分の竿を川の水で濡らしながら、峰子がゲンタを抱いて座るのを確認した。

「さあ、出発しまいけ」

勝男がロープを解き立ち上がって竿をさした。さした竿を後方に押すと、舟はぐいと二メートルほど前に進む。そして濡れた竿を掌の中で滑らすように持ち上げ、自分の身より前方に運びまた川底にさす。それを繰り返しながら舟は進むのだ。清一も舟の同じ側に竿をおろし、息を合わせ舳先がまっすぐ進むようにした。舟は軽やかに流れに逆らって進んだ。子犬は峰子の腕の中でおなかを上にして、大きな麦藁帽子の影に入り、川風をたのしむようにおとなしく抱かれている。竿をさしながら清一は気がついた。勝男の家の裏と峰子の家の裏が和田川を挟んで相対している。考えようによっては隣同士みたいなものだと清一は考えた。自然と嬉しくなって顔がほころんだ。

「清ちゃん、何しとんが?」

柳町の男の子で、清一より一歳年下の啓介が水中メガネを額に上げて、雄権楼の裏の高さ七メートルはある橋の上から声をかけてきた。赤い海水パンツ一丁の肌は木炭のように真っ黒だ。

「八つ目やちゃ、八つ目」

博が大きな声で得意げに答える。

「何で、八つ目?」

啓介がすぐに聞き返した。あんな不味いものとってどうするの?という意味だ。確かに八つ目は輪切りにして焼き上げて食べるが、ゴムを食べているようでなかなか噛み切れず、初めての人は不味いと感じる。博が答えに窮して助けを求めて清一を見た。清一は視線をすぐに勝男に移した。

「啓介、上から八つ目が見えるか？」

「……なあん、見えんちゃ」

「西町の橋の上までひとっ走りして見てこいや」

「うん、わかった」

身をひるがえして、柳町の土手の上の道を啓介が川上に走った。ゴム草履の地面をパタパタとはたく音が遠のいていく。勝男の命令は柳町の子には絶対なのだ。

「勝ちゃん、八つ目どうすんが？」

「八つ目は眼にいいんや。清ちゃんもよう知っとるやろ」

「江尻の爺っちゃんにか」

「そうや、爺っちゃんが待っとるがやちゃ」

「今度病院へ行くとき、おわも連れてってえな」

清一は言葉に哀願の音色も添えて嘆願した。それを無視するように勝男が話し続けた。

「それに夏の疲れや、酒の疲れにもいいさかい、もうひとり食べさせたい人がいるがいね」

「ふううん……」

「誰ながいね？」

好奇心たっぷりに博が聞いてきた。

「うちのおかあちゃんぇ」

峰子が表情を変えずにあっけらかんと言った。

「峰子ちゃんのお母ちゃん？」

意外な人が彼女の口から出てきて清一は驚いた。峰子がゲンタの柔らかな腹をさすりながら、清一たちと幼馴染であるかのように緊張もなしにさらっと答えたのだ。

「うちのおかあちゃん、あれで結構無理しとるんぇ」

「おーい、いるぞお。こっち、こっち！」

西町の高いコンクリート橋の上から啓介の声がやけに大きく届いてきた。博が声を張り上げて聞き返した。

「どこ?どこ?」

「こっち、こっち」

「博、竿を代わって。二人で舟をまっすぐ漕いで。清ちゃん頼むがいね」

「五匹いるがいね！」

啓介の興奮した声が頭から降ってくる。

「宗雄、ギャグと箱メガネ取ってくれ」

勝男が宗雄から八つ目取りの道具を引き取り、清一は舟を川上に押し上げながら啓介の指示を見た。啓介がこっちを向いて左手を振っている。舟の後ろを左に少し動かし舳先を右に移す。流れのなかで博と息を合わせ、竿を静かに川底にさして舟を止めた。

「オーケー、ドンピシャ」

啓介の大袈裟な声が聞こえる。勝男が膝を曲げ腰を割って身を安定させ、手際よく箱メガネを川の水につけ、顔を箱の中に押し込めるように覗き込んだ。そして確信を込めてギャグの右手で水中をまさぐった。

「よーし」

勝男が八つ目鰻をギャグに引っ掛けて右手を高々と掲げた。博と宗雄が同時に歓声を上げる。舟床に落ちた八つ目鰻は蛇のように俊敏にからだをくねらせていたが、すぐに溜まり水の底板に吸い付いて動かなくなった。続けざまに二匹め三匹めと八つ目が舟の中に引き上げられた。くねくねしている八つ目を見て、峰子の腕からおろされたゲンタが吠えまくっている。

「あらっ、尾っぽが下がってるやん。ゲンタ怖いの?」

「犬だって気色悪いがね」

自分のことを棚に上げて、目をそらしている宗雄がゲンタの気持ちを代弁した。

「ほら、みんな吸い付いたままえ。可愛いわ」

峰子が白い左手を伸ばして八つ目鰻の胴を指先でつっついた。

「見て、見て。横から見ると目と七つの穴があるわ。なにする穴?」

「えら呼吸する穴やちゃ。それを塞ぐと吸うのをやめっがやちゃ」

箱メガネを覗き込みながら、勝男の声だけが後ろに飛んできた。ふーんと峰子は息を吐きながら、今度は右手を伸ばして八つ目鰻をつかんだ。穴のところを右手でしっかり握ると、八つ目鰻は吸い口を底板からはずした。峰子は左の手の甲を八つ目鰻の口に近づけ、しっかり握った右手を緩めた。

「吸ってる、吸ってる。鰻のキスや。ほんまに可愛いわ」

「痛くないがけ?」

眼を大きく開いて見つめている宗雄が峰子に聞いている。

「くすぐったいわ」

峰子が嬉しそうに目を細めてクックッと笑った。

「八つ目は歯がないから痛くないちゃ」

博が説明している最中に、

「あとの二匹が藻の中に逃げたがいね」

と、勝男がギャグを持っている手をせわしなく動かしている。

「……鯉だ。……鯉、鯉やがいね!」

啓介が身を乗り出して、橋から飛び込みそうになりながら騒いでいる。

「今その藻からこっちに、あっ、横切った横切った」

「うっそう！鯉？」

啓介の言っていることを疑って、博が小馬鹿にしたような声を出した。

「ヨーシ、引っかかったちゃ。」

八つ目鰻を勝男が二匹同時に引っ掛けた。

「おおきな、こんながやったや！」

橋の上から両手を広げて啓介が叫んでいる。

「清ちゃん、八つ目は終わりや。啓介、鯉はどっちにもぐった」

「こっちの藻や、こっちの藻や」

啓介が倉町側に走り寄って指さしている。舟の上のみんなが啓介の指差した夏の陽ざしのなかの黒い藻影を見ている。

「清ちゃん、やるまいけ」

「うん」

鯉は川に棲息する淡水魚の王様だ。コイと聞いただけで川漁師の血がたぎる。何としても捕獲したい獲物なのだ。勝男と目配せをした瞬間、清一はどう動けばいいかわかった。竿をはずして、音も無く舟をそのまま流れに沿っていったん下げる。下げて投げる網の距離を見計らうのだ。それから静かに竿を入れて、舟を前に進めるのだ。勝男は、投網の細綱を左の手のひらに巻き、投網全体を左手でしっかり持ち、一部を左肩に乗せ右手で投網の裾を持って舟の舳先に立っている。そして振り子のように投網を揺さぶり始め、身体の反転力を利用して網を放り投げ、空中で見事に投網の大きな丸い輪をつくった。

「やったあ、やった、やった」

啓介が万歳をして喜んでいる。投網がすっぽりと藻を囲んだので、誰もが鯉を生け捕ったと思った。舟のみんなも手をたたいて立ち上がり喝采した。清一は舟を一気に下げて投網をピンと張らなければならない。弛《ゆる》んでいると錘と底土の隙間から魚が逃げてしまうからだ。清一は舟を後退させるために竿をさした。

「重たい」

勝男がつい声を漏らした。引いて手繰り寄せている網がなかなか寄ってこない。網が重いのだ。清一は竿を指す腕の力で舟も重いと感じた。

「藻の下に何かあるがや」

「ひっかかっとるん?」

「そうや」

「緩める？」

「清ちゃん、そうして」

清一が竿の力を少し緩めたそのとき、啓介が叫んだ。

「逃げた！逃げた。こっち、こっち」

「鯉が逃げた？」

博も啓介に向かって聞き返している。

「鯉や、やっぱり鯉やがいね。デッカイ鯉やがいね」

「ケイ、どこへ行ったが？鯉」

ゆっくり空の投網を舟に引き上げながら勝男が静かに聞いた。

啓介がもう柳町側に立って真下を指差している。橋脚のまわりは橋影で暗く、水の流れも澱《よど》み一段と深くなっている。その深くなっているところの藻をさしている。

「利口なやっちゃ」

ボソッと勝男が言った。深さが増すと錘が沈むまで時間がかかる。鯉がその間に逃げやすいことを知っている。そうさせないために漁師は網をより大きな輪にして投げるのだ。頭のいい獲物を前にして、勝男の漁師の血が騒いだ。舳先に立って、前にも増して舳先の上で激しく投網を揺さ振った。勢いがあるぶん強く踏ん張るので舟が上下に大きく浮き沈みする。ぱあっと

網を投げたその瞬間、

「あっ、逃げた！二匹や二匹！一匹は子供や！」

啓介の大げさな叫びに舟の全員が声を上げた。博が高い声を発し宗雄が思わず立ち上がった。勝男は動作が中途半端になってよろけた。そしてしゃがみこむ。立ちすくんでいるゲンタを思わず峰子が抱きしめようとして腰を浮かせた。その瞬間峰子の肩が宗雄の尻を真後ろから押した。わあーと言う声とともにつんのめって宗雄が顔から川の中に落ちた。驚いた峰子はその反動で立ち上がったまま、くの字型にお尻から舟の反対側へ落ちた。博が宗雄の大胆な落ち方に竿を抱えて笑い出した。橋の上の啓介も両手をたたいて笑っている。清一は峰子を見ていた。峰子が落ちたままの姿勢で水の中にいる。

「博、竿頼むがいね」

清一は竿をすばやく舟に入れた。ゴム草履を脱ぎ捨て、勢いよく峰子を目指して飛び込んだ。橋脚と蛇かごで出来た深い水溜りである。彼女は足掻き始めると思った。ところが水中に落ちたくの字のままの姿だ。手足を伸ばしたまま微動だにしない。清一は川底に足をつけ、ワンピースの裾がめくれている横腹を蛇かごのほうに強く押した。彼女はそのままの姿勢で身体を半回転させ、もっと深いところで止まってしまった。清一は慌てた。もう一回足を地に着けようとするが、川底のぬめった粘土が滑る。そのとき、二人の間に勝男がジャンプして飛び込んできた。清一の首にあるシャツを掴んで持ち上げ、すぐに峰子に向かった。持ち上げられた勢いで清一は顔を水面に出し、やっとの思いで泳いで蛇かごにたどり着いた。太い割り竹で編まれた蛇かごに手をかけ、へばりつくようにからだを地上に押し上げた。熱く乾いた石の上に腰を下ろして振り返ると、勝男が峰子を抱きかかえて舟のほうにゆっくりと流れの中を歩いていた。橋脚の周りを除けば和田川は大人の腰のあたりの深さだ。抱き上げられた峰子の着ているものも赤いズック靴も滴が垂れるほど濡れていた。水を飲んだのか彼女は咳き込んでいた。

「清ちゃん、峰子ちゃんの麦藁帽がそっちに流れていくがいね」

竹竿を向けて博が笑いながら指示している。あわてたためか清一も少し水を飲んでいた。そしておもむろに上半身をひねって、溜まり場で逆流している麦藁帽子を拾った。清一はこのとき峰子が変な子だと思った。清一が水の中に飛び込んだとき、彼女は水の中でくの字になったまま静止して、瞬きもせずただ目を見開いていたのである。あわてた様子もなく、清一が潜って近寄って行くのを水中で長い間じいっと見ていたのだ。

「清ちゃん、峰子ちゃんとゲンタ見とって」

近づいた舟から勝男が声をかけてきた。まずゲンタを受け取り、峰子を舟から熱くなった蛇かごの上へ引っ張り上げ、そして座れるところに手を引いて誘った。

「何か拭くものとって来る？」

「大丈夫ぇ。すぐに乾くわ」

「これ被《かぶ》ってたほうがいいがいね」

清一は先ほど拾っておいた麦藁帽子の水を切って、彼女の頭にひょこんとのせた。

「おおきに」

礼を言いながら、細い肩を揺らして咳込む峰子の横に清一はゲンタを抱いて腰を下ろした。

「水少し飲んだか？」

「うん」

「水嫌いか？」

「好きぇ。そやかて泳げへん」

「ぜんぜんか？動かんやったら死んでしまうやがいね」

「おかあちゃんが溺れた時はじいっとしてるんやって、水の中でじいっとしてると人間の身体は浮き上がるって」

「そやけど、苦しかったやろ」

「清ちゃんがすぐ来たやん」

「眼ぇ開いてたもんなあ」

「初めてやから見たかったたん。水ん中」

「怖くないが？」

「……怖かった」

清一が峰子を見ると、水の中を思い出しているのか、上の空でワンピースの裾を絞っていた。身体全体少し震えているようにも思えた。ワンピースの滴が熱い石の上に落ちて乾き浸み込むのを見ながら、清一は水の中で触った峰子のわき腹のツルンとした滑らかな感触を思い出していた。

「母子（おやこ）やない？」

「ん？」

「さっきの鯉」

峰子のことばに、清一は返事を返せないで黙って勝男たちの後始末を見ていた。博はまだ光景を思い出しては笑い、宗雄は舟の中に戻ってびしょ濡れになったシャツを脱いでいた。博に竿をまかせ、勝男が川に潜って投げ落とした投網を手繰り上げている。

「鯉、とれんようなって、怒ってはる？」

峰子はうかがうように聞いた。

「なあん、……」

「ほんまに？」

「なあん、……」

「おおきに」

「なあん、いいがやちゃ」

嫌がられていないかと気を遣う峰子に清一は何か温かいものが込み上げてきて、明るい表情を峰子に向けて気を悪くしたという問いを否定した。彼女も濡れた睫毛《まつげ》を上げて少しだけ笑ってくれた。清一に抱かれているゲンタはおとなしくふたりのやり取りを聞いていた。


その日の夕方、峰子は高い熱を出した。

峰子の母は仕事があるので、清一の母きみ子に相談に来た。

「中村先生に往診に来てもらうさかい、心配せんと行って来られ」

「……そやかて」

「お互い様やちゃ。心配せんでいいから」

「もう一人男の子も……」

「わかっとっちゃ。澄夫ちゃんのことは心配せんでいいから」

「おおきに……」

きみ子は店の木製の冷蔵庫を開けて氷があるのを確かめ、すぐに錦町にある中村先生の診療所まで清一を走らせた。自転車に乗って家に帰宅するところだった老先生はそのままの格好で往診に駆けつけてくれた。老先生は風邪と診断して、一本の注射を峰子の腕にして、お大事にと言い残して帰っていった。

「布団を多めにかけて、汗いっぱいかいて、熱追い出さなきゃ」

タオルを巻いた赤いゴムの氷枕を峰子の首の下に敷きいれながら、きみ子は清一や義則のときと同じことを言って、夏蒲団を重ねて世話をやいた。乾いたパジャマを横に置きながら、

「いい、峰子ちゃん。二つだけ黙って聞いておいて。今は寝るだけ寝るがやちゃ。汗をかくだけかいて、夜中に目が覚めたら、このパジャマに着替えるがやちゃ。いいね。澄夫ちゃんは一晩、うちがあずかるがいね。心配せんでいいちゃ。明日の朝、腹が減ったら、おかあちゃんに何か作ってもらい?なにがいいがいね?」

「……ふわふわの卵とじ……うどん……」

「峰子ちゃん、うどん好きながいけ?」

「……おかあちゃん……青ねぎ入れて、薄味でおいしいぇ……」

そのまま眠ってしまった峰子の顔を見て、清一はきみ子に促されるまま澄夫と三人で家に帰った。蚊帳の中の布団に身体を伸ばしたとき、明日の朝早く裏庭のゲンタに朝ごはんを持っていこうと決めていた。

3

二学期が始まってしばらくしてからだった。雄権楼の隣にある深谷《ふかや》楼の次男で六年生の陽次が、昼の給食時間にちょくちょく廊下からガラス戸越しに清一たちの教室を覗くようになった。それも一人ではなく、いつも同級生仲間を二、三人連れていた。

「春木先生、また来とんがいね」

担任の先生に博が迷惑そうな表情で訴えると、先生は笑いながらこう答えた。

「ほっときなさい。もう」

クラスのみんなが転校してきた峰子を意識してのことだとわかっていた。夏休みあけだけに、彼女のひときわ透き通る肌の白さが目立っていたからだ。そのうえ、ナイロン製の色がくっきりとした破けない丈夫な靴下を履いていた。それだけでおしゃれな服装だった。都会から転校して来たことが誰の目にも明らかであった。

とうとう放課後、清一がドッジボールを楽しんでいるところを陽次たちに呼び出された。午後は日陰になる木造体育館の裏庭で、三人の背の高い六年生が猫背にして顔を寄せ合ってかたまっていた。脅されるととっさに思ったが、意外にも陽次がにこっと笑いながら近づいてきた。

「清一、頼みがあるがやけど」

「なん……」

「これ峰子に渡してくれ」

「なん？」

「渡せばいいがやちゃ」

白い封筒を無理やり握らせて陽次が背を向けた。清一は白い封筒の意味がすぐにわかった。陽次には冬、木で作った本物のスキーを貸してもらうことがあった。滑り降りるスピード感が違う竹スキーしか持たない清一にはあまり仲たがいしたくない相手だった。それでも峰子のことは別のことだ。

「おじこ（次男坊）さん……おわ、いやや」

「清一、峰子に楽器教わってるんやって」

「……一回だけや」

「それ頼むわ」

そう言いながら、陽次が顎をしゃくり上げるように動かした。

「おじこさん、おわ、できんちゃ」

封筒を陽次の足元に無造作に投げ返した。

「何でや、お前女郎の味方か？」

「じょろうって何や？」

「女郎ってお金で買われてくる女や。うちにもいっぱいおっちゃ」

陽次の勝ち誇った言い方に清一は無性に腹が立った。お金で買われるという意味はわからなかったが、気持ちはすでに戦闘態勢に入っていた。

「峰子ちゃんに関係ないちゃ」

「だら（馬鹿）か、お前。峰子は女郎の子や」

清一は陽次に見境もなく飛び掛った。体が小さい分俊敏な動きには自信がある。すばやく陽次の左手をとり、指の間に自分の右手の指を挟みいれ、勝男に教わったとおりに左手で相手の手首を握った。弱い者の先制攻撃である。そして力を入れて逆に反らした。陽次の悲鳴とともにあわてたほかの二人が、両脇から清一を抱きとめて必死に陽次から引き剥がそうとした。清一が離そうとしないことがわかると、ひとりの方がぼこぼこと清一の背中や頭を叩き始めた。どれだけ叩かれても清一は体を低くして、どんなに痛くても指を離さなかった。

「何をしとんがいね」

体育館の出口から大声を出して春木先生がかけて来る。ドッジボールを一緒に楽しんでいた博と宗雄が先生に告げに行ったのだ。しばらくして先輩たちの叩きが止んだので、清一は陽次の指をゆっくりほぐすように離した。

「なにしたが？」

叩いていた上級生を春木先生が覆いかぶさるように詰問している。

「こいつが悪いがやちゃ」

「そうやそうや」

「清一が先に飛び掛ってきたがいね」

「そうや清一が先や」

「そやけど、上級生が三人じゃ、卑怯でしょう」

「……」

「けんかの原因は何やがいね」

ふて腐れて黙っている三人に代わって、春木先生は清一に聞いてきた。

「……」

清一も黙ってしまった。先生にほかの少年たちが詰問されているとき、陽次が白い封筒をズボンの後ろのポケットにそっと隠すのを見たからだ。口を真一文字にしている清一に春木先生が何度も同じ質問を繰り返した。男の子たちのだんまりに業《ごう》を煮やした先生が、諦めの表情と喧嘩は駄目という説教を残して、教員室に戻っていった。

「清一、女郎は金もらってやるの、知っとるがいね？」

先生の姿が見えなくなるのを確認して、大人のようにゆっくりと声を落として肩越しに陽次が話しかけてきた。

「夜何をするか？知っとるがいね？」

「……」

「女郎の仕事は何や知っとるがいね？」

「……」

周りの少年二人はニヤニヤ笑っている。笑いながら子供にはわかるまいと身をよじってこれみよがしにからかっている。

「あんちゃんたちは知っとるがいね？」

清一のやっとの反撃に、ポケットからさっきの白い封筒を取り出して陽次が中を開いて見せた。そこには折りたたんだ白い紙切れと、古い紙幣がたたんで何枚か一緒に入っていた。

「これが大人の礼儀や」

清一には意味がわからなかった。何で手紙にお金？と頭の中で何回も問い返した。そんな清一に陽次は長々と説教をし始めた。

「清一、誰でもなりたくて女郎になるがやないちゃ。……家のおっかちゃんも言うとった。小雪も前はいい芸者ながやちゃ。……そんでも大きい金をかりたんやて。借金したから女郎になったがやちゃ……小雪も峰子をもらわんかったら、雄権楼なんかにこなかったんや。……雄権楼が立て替たんやがいね……雄権楼も小雪を抱えてもう一花咲かせたいがやちゃ。……本当の親子やないがいね、小雪と峰子は」

清一には所々しか聞こえなかった。むつかしい言葉が陽次の口から飛び出してくる。聞こえないというより陽次の言葉が正確には理解できなかったのだ。

横窓を通して家の奥まで、斜めに強く差し込んでいた秋の西日が萎《しぼ》むように翳《かげ》っている。それと入れかわるように、開け放たれた窓から静かな音色がかすかに揺らいで入ってくる。流れてくる三味線の音を清一は意識しないでここ何日も聞いていた。大方は哀しい響きだけど、時には軽やかに聴こえ、ゲンタと戯れている気分にもさせてくれた。その音色が清一には初めて耳を澄まして聴く日常の音楽になっていた。花街とはいっても田舎町の花街だ。男女の騒ぐ声に負けないほど勢いのいい囃子三味線や太鼓の音は時折聞こえても、こんなに静かな心惹かれる三味線を聴いたことがなかった。祭りも後二週間ほどに近づいた日、

「おっ、今日もいい音（ね）や」

鮎つりのため喜市郎が早めの夕飯中に箸を止めた。

「峰子ちゃん、ほんまに頑張ってるがいね」

きみ子が麦茶をいれてた手を止めて感心した声で反応した。

「えっ、弾いてんがは、峰子ちゃん？」

清一は思わず素っ頓狂な声を出した。夕暮れ時に流れくる心に沁み込むこの音はてっきり大人の小雪が弾いているものとばかり思っていた。

「そうやがいね。峰子ちゃんをほんまもんの芸者にしたいがやちゃ」

「なにそれ？」

「小雪はんが厳しく仕込んでいるがいね」

絶妙な音色を弾いているのが清一と同じ小学校四年生の女の子だということを、きみ子の話で男二人は初めて知ったのだ。

「峰子ちゃんのお母ちゃん、芸者やないがけ？」

「そうや、立派な芸者さんや」

そう言い残してきみ子が、喜市郎の夕飯の器を下げに台所に行ってしまった。弟の義則は部屋の隅で鉱石ラジオの作成に夢中である。家具もない古畳の部屋はしばらく三味線の音だけが余韻として残っていた。

「清一、楽器の練習あかんよ。晩御飯の後は」

「……えっなにね？」

「峰子ちゃんとこに上がり込んだら駄目やがいね」

喜市郎が静かにそう言うと腰を上げ、鮎つりの長い釣竿に下げる長いテグス糸を取りに行った。ついでに押入れの小さな箪笥の引き出しを開け、テグスに巻きつける釣り針の入った紙袋と、それを縛る極端に細いしなやかな針金の束を持ち出してきた。

「清一、手伝（てつど）うてくれるか？清一は器用やがいね」

「とうちゃん……」

燃えるような西日がとうに消えてしまった畳に座り込んで、喜市郎は和紙の紙袋を丁寧に広げた。そして遠くに聞こえる三味線に身体を揺らして、黙々と柔らかな針金を巻き付けてテグスに釣り針を括りつけ始めた。

その日から清一の箸の動きが日増しに遅くなった。幾日かして、喜市郎はもうとっくに鮎つりに庄川へ出かけ、夕日が沈んで暗くなった卓袱台《ちゃぶだい》を前にして、カレーライスのスプーンに手もつけない清一がいた。三味線の音が漏れてくると、つい座りなおして、きちんと正座して三味線を弾いている峰子を思い浮かべるのであった。母にせかされて清一はつい胸にたまっていることを聞いた。

「祭りの夜、峰子ちゃんと澄夫ちゃん呼んでいい？」

「そんなことよりはよう食べられか。義則ももうすんだがやちゃ」

「母ちゃん、女郎ってどんな商売？」

「ひょお、なんやね、きゅうに……」

「深谷のおじこさんが、峰子ちゃんの母ちゃん、女郎やて」

「そんなことあれへんちゃ」

「おじこさん嘘言ったがけ？」

「カレーが乾いとるがいね、はよう食べられんか」

「母ちゃん、祭りに峰子ちゃん呼んでいい？」

「はいはい、小雪はんに頼んでみっちゃあ」

「鮎好きなんやて、峰子ちゃん」

「はいはい、でかいと（たくさん）ごっつぉ（ご馳走）しまいけ」

きみ子が軽やかな調子で明るい返事を返して席を立った。腕を伸ばして電球を灯け、義則の食べ終えたカレーライスの器を台所に手早く下げにいった。


秋祭りの十月二十一日はちょうど日曜日と重なった。明け方からどんより曇っていた空も、獅子舞が出る昼ころには雲間の切れ目から陽が射してきた。祭りとは町中の家々が豊年を祝い、すべての家が酒宴の準備をして、それぞれの縁者や会社の同僚を迎えてひらく町ぐるみの大宴会なのである。神社の境内や、町のメインストリートには五十以上の屋台が並び、近隣の町村から大勢の人々が大きな花笠を被った山車とか獅子舞を見に集まるのだ。普段賑わいのない田舎町では年二回の祭りは子供たちにとっても心躍る日であった。とくに柳町の獅子舞は大きな獅子頭に八人は入る布の胴体を取り付け、大太鼓を運ぶ引き車を用意し、その車を花で飾る。天狗を舞う人や、キリコを踊る子供たちはお面や花笠を被り、武具や衣装を身につける。大太鼓をたたく人や横笛を吹く人たち、口上を家々に述べる人たち、集金する人たちをいれると総勢四十人は必要になる。祭りは準備が大掛かりなのだ。

喜市郎の家でも祭りのために、十日も前から漬けてある鮎鮨を木桶から取り出していた。新鮮な鮎を開いて塩につけ、酢飯と交互に重ねて漬ける熟（な）れ鮨である。重石をはずし厚いふたをとり、鮨全体に巻きつけてある薄板を一枚一枚はがしてゆく。開いた鮎一匹ずつに酢飯が薄く押し付けられているのを器に重ねて盛るのだ。熟れた甘酸っぱい酢の香りが家中に立ち込める。

「とうちゃん、鮎鮨は牧野のおじいちゃんと、六渡寺（ろくどうじ）のおばちゃんと、あとは誰が食べる？」

「みんな食べるやろがいね」

「食べん、食べん。子供は食べれんちゃ」

「いつも清一も義則も食べるやろがいね」

「食べん、食べん。酸っぱくてよう食べれん。それに……」

「なんで？臭うからけ？」

「ざいご（田舎）臭いがやちゃ」

「熟れ鮨は立派な食べ物やがいね」

「子供は酸っぱいの駄目やちゃ。今日は峰子ちゃんが来るから、大人だけにして」

「はあん、峰子ちゃんが来るがいね。そやから今日は朝からなんかちゃわちゃわ（わさわさ）しとっがいね」

喜市郎は次男なので中川家の分家になる。親類は本家には挨拶に行くが、分家までは来ないので、祭りといってもきみ子の兄弟が来るぐらいだ。料理は大芳《だいよし》という仕出し屋からとるが、秋祭りには喜市郎の釣った子持ち鮎の焼き物と鮎鮨がテーブルにでんと色を添えるのである。

一番早い祭りの客はいつも決まって牧野の善蔵爺さんだ。きみ子の長兄で、牧野村からバスに揺られてやってくる。取れたての新米と野菜を背中に担いで、日もまだ高い午後二時ごろにはニコニコしながら雄権楼の前を歩いてくる。一張羅《いっちょうら》の濃いグレーの背広に派手な色のネクタイをして、少し時代がかった茶色の帽子、茶色の革靴がよく似合う。

「また来たがやちゃ」

「牧野のおじいちゃん、こっちこっち」

「ほう、清ちゃん、大きゅうなったがいね。義則も力が強くなったがいねえ」

床の間の前の座布団に、眉までも白毛が混じった善蔵爺さんをふたりは手をとって誘った。田んぼと畑で爺さんの手は節々がごつくて血管が浮き上がり、陽に焼けて黒く大きかった。

「ほら、お小遣いやちゃ」

あらかじめ用意してあった二つの紙包みを善蔵爺さんが胸ポケットから出して渡してくれる。

「やったあー」

子供たちの歓声があがり、その声に気づいてきみ子が台所からあわてて顔を出した。

「まず御礼やないがけ」

騒いで喜ぶだけの子供たちを諭して、善蔵爺さんの前に座り、

「あんがとうね、じいちゃん。よう来られたがいね」

「なあん、お年玉代わりやちゃ」

「今年はようけ（たくさん）取れたがけ？米は？」

「いい塩梅《あんばい》やちゃ」

「そうけぇ、そりゃよかったがいね」

「きいっつぁんは？」

「本家に酒をいい（注文）に行ってるがやちゃ」

喜市郎の兄の勝太郎は若いころから商店街に出て、酒の卸販売の商売をしていた。

「あそこに新米置いてあるさかい」

「あんがとう、じいちゃん」

振り返って善蔵爺さんの担いできた風呂敷包みを玄関口に見つけ、きみ子が深々と頭を下げた。

しばらくすると、きみ子の姉たちが富山や新湊からやってきた。男は善蔵爺さんだけであとは五人の姉妹であった。長男の善蔵と姉妹との間は年が離れ、本当の父親が早く世を去ったの

で、姉妹は善蔵爺さんを父親のように慕ってきた。一番下のきみ子はみんなにかわいがられて育ったせいか、姉たちは喜んで駆けつけてくれた。喜市郎は一滴も飲めない下戸なので、宴の中心というより酒の燗をしたり鮎を焼いたり世話役に徹した。それぞれに嫁いだ姉たちには気の置けない人たちばかりの集まりで、いつも心から騒げる夜になるのである。陽気な来客のたびに、床の間の六畳と次の間の六畳の部屋がいっそう狭く賑やかになってゆく。

「清一、いつもの卓袱台そっちの部屋に置いといて」

座布団の数を目で追っていた清一にきみ子が声をかけてきた。

「子供たちの四つ座布団を出しておいて。峰子ちゃんと澄夫ちゃん、日が暮れたら来るさかいね」

「ほんまけ（ほんとう）？」

「大芳に子供たちのごっつぉ（ご馳走）も頼んであるがいね」

「澄夫ちゃん酢の物食べれるやろか？」

「酢の物のカニは好きながやて」

「刺身は？」

「澄夫ちゃんは食べさせるさかい心配せんと」

「峰子ちゃん、ほんまに来るが？」

「小雪はんにちゃあんと頼んでおいたがやちゃ」

そのとき、富山で美容師をしているきみ子の姉のひとりが笑顔で声をかけてきた。姉たちは悪気もなくはやし立てた。

「きみちゃんは本当に子供が好きながやねえ」

「長い間できんやったもんねえ」

「はじめての子なくして、清ちゃんもろた後で義則ちゃんようできたね」

「ねえちゃん……」

母がめったに見せない苦虫を噛み締めたような顔を姉たちに見せた。一瞬の出来事であったが、初めて見るきみ子の表情であった。清一は奇妙な興奮を覚えたが母の唇を真一文字にした横顔を見て見ぬ振りをした。

「清ちゃん、もうちょっとお小遣いあげるさかいに、お宮さんで遊んで来られ」

小銭の塊をポケットからまさぐり出して、善蔵爺さんが満面の笑みを浮かべて大きな声で言った。

「そうやそうや、まだ日が暮れるまで時間があっちゃ。山車（やま）でも見て来られ」

その言葉に他の姉たちも後に続いた。

「いつ見ても、あのからくり人形面白いがやちゃ」

「お宮さんの境内も店がいっぱいやちゃ」

「行って来られ」

「そうやそうや、それがいいがやちゃ」

「行って来られ、行って来られ」

みんなの声に背中を押し出されるように、清一は家を後にした。見上げると秋の空は濃い藍色で風もなく澄んでいた。気温はおだやかで、肘に接ぎ当てした手編みのセーターで充分だった。母の表情が気になったけれど、今は大門神宮の境内に並ぶ縁日の店が目の前にちらついた。金魚すくい、風船すくい、パチンコ、飴細工、綿菓子、こんにゃくの味噌田楽、鉄砲落としに、いろんなおもちゃやお面が頭の中をぐるぐる回転した。峰子の顔も浮かんだが、こんなときは男同士で遊ぶに限ると、ポケットの中の小遣いを握り締めて博と宗雄を誘いに行った。


夕方、遊び疲れて帰宅した清一は善蔵爺さんの酔った声に出迎えられた。

「清ちゃん、六渡寺のおばちゃん呼んで来て。料理が冷めてしまうがいね」

祭りのお客でいつも遅いのが六渡寺の幸枝おばさんだった。日が暮れそうになって、幸枝の実家になる錦町の小林家に清一が呼びに行くのである。

「わかった。行ってくっちゃ」

家を出て五分も走れば錦町になる。中村医院の三軒隣にある小林の玄関に入って、

「六渡寺のおばちゃん、みんな待っとるがいね。はよう来てって」

「はいはい」

その日の午前中に新湊の六渡寺から来て、実家の奥で兄弟たちと話し込んでいる幸枝はいつも清一の声を待っていたのか、すぐに小林家の玄関に現れた。

「一緒に行くまいけ」

清一の誘いに、幸枝はいつも返事をせずにしばらく清一を見つめていた。

「元気にしとったがけ。兄弟仲良くしとったがけ。ちゃあんと勉強しとんがけ。お父ちゃん、お母ちゃんの言うことよう聞いとんがけ」

そしてすぐに、清一が答えるひまもないほどてきぱきと質問をしてくる。挨拶というよりお説教のようにも聞こえて、照れくさいので清一は当たり前だとばかりに生返事を返してばかりいた。

「行くまいけ。おばちゃん」

「先に行っとって。すぐに行くちゃ」

「じゃあ、走るさかい後から来て」

玄関から清一が飛び出そうとすると、

「ああ待っとって。これ、呼びに来てくれた御礼やがね」

おばちゃんは清一を呼び止めて、きれいな和紙に包んだお小遣いを手渡してくれる。

「あんがとう」

「こっちは義則ちゃんの。ちゃんとあげるんよ。おにいちゃんやから」

祭りの日には、清一は何年も同じ会話を幸枝とくり返していた。呼びに行っても幸枝は決して清一と一緒に町中を歩こうとはしなかった。いつものように曲がり角まで先に走っては振り返り、幸枝が後ろから歩いて来るのを確かめた。幸枝は、暮れなずむ町並みに溶け込んでしまう秋に似合う色合いの着物をいつも着ていた。造船工場のなかで男衆と一緒に力仕事をこなす細身の人で、きみ子よりひとまわり年上なのに、歩き方は軽やかであった。

清一には一つの疑問があった。胸の中に着古した毛糸の屑が絡まるように、言葉にならない澱《よど》んだもやもやであった。それは夏休みになると、六渡寺に何日か泊まりに行かされることから始まる疑問であった。きみ子が用意した真新しい白い開襟シャツと紺の短ズボンを身につけて、高岡から路面電車に乗って六渡寺に向かうのである。その浜辺の町は、ソ連からの材木を荷揚げする伏木港の対岸にあった。材木の加工工場だけでなく、いろんなエンジンや機械の発する音が溢れるにぎやかな港町であった。大きなクレーンが横並びにいくつも立っていて、石炭やいろんな金属の屑で積み上げられた小高い山々が、夏の太陽を四方八方にきらきら反射させていた。水路にはぽんぽんと音も軽やかに、荷を運ぶ小型の船が何隻も行き交っている。髪の毛が黄色の大男たちが往来で、唸り声をあげながら狼のように歩く集団にも多くすれ違った。清一にはまったくの異国の町だった。その町になぜ夏休みごとに行かされるのかという疑問と、いつもなぜ弟を連れずに一人で行くのかわからなかった。幸枝は大陸からの引き揚げ船で夫をなくし、清一より年上の育ち盛りの子供が五人もいた。

雄権楼の前を歩いてくる着物姿の幸枝を確認して、清一は家の中に走り込んだ。峰子も澄夫も座布団の上に整った服を着て正座して待っていた。

「六渡寺のおばちゃん来たがいね」

「そうけそうけ」

みんなが席をわずかばかり移動し、陽気で打ち解けた酒の席に何か改まる雰囲気が生まれた。喜市郎が正座して深々と頭を下げる。

「今日は大門の祭りに来ていただいて、ありがとうございます。なあんもございませんが、ゆっくりと食べていってください」

大人同士が賑やかに杯を交わしている間に、子供たちは初めての自分の膳を前にして並んだ料理を嬉しそうに見つめている。清一は卓袱台の真ん中にある焼き鮎の盛りつけた器を峰子の前に引き寄せながらすすめた。

「峰子ちゃん、鮎好きやろ。食べんがいね」

「おおきに……」

「山車（やま）を見てきた？」

「……」

「曳山や」

「ううん……」

「好きやないが？」

「京都の祇園祭りで見たよって、おかあちゃんと一緒に」

清一には京都がどんな町か、祇園祭りがどんな祭りかわからなかったが、遠くの田舎町に来たのだという峰子の沈んだ気分を感じとることが出来た。

「こっちに来る前は京都にいたん？」

「ううん、山中温泉」

「峰子ちゃん石川県の人か？」

「違うぇ。生まれは京都ぇ」

幸枝にお酌していた喜市郎が子供たちの卓袱台に寄って来た。

「いっつも峰子ちゃんが朝ごはん用意しとんがやて、えらいなあ。どっかの四年生に聞かせてやりたいがやちゃ」

「澄夫ちゃんも食べてええんよ。おばちゃんが食べさしてあげるがいね」

きみ子も澄夫と義則の間に入って表情をくずして嬉しそうにしている。喜市郎も目を細めて峰子の世話をし始めた。

「鮎の食べ方はな、漁師の家では酢と醤油を焼きたてのアツアツの鮎に半分づつかけて食べるがいね」

喜市郎が小皿に鮎をとりわけ、酢醤油を作り始めている。峰子がどう食べようか、箸をどう出そうかまよっていると、

「骨はな。鮎の尾っぽをこう離して、箸で鮎の身をこう二三回ほぐすように押すやろがいね。そいで、頭をこう持って、こう引張っると、ほうら、きれいに取れるやろがいね」

「おおきに、おじちゃん」

自分たちには鮎は頭から尾っぽまで骨ごと食べろとつっけんどんに言うくせに、ふたりには身振り手振りの説明を交えて優しくしている。でもそんなことより、父と母が自分たち以上に峰子と澄夫を大事にもてなしてくれたことがなにより清一には嬉しかった。

「峰子ちゃん、鮎の鮨食べてみるが？」

喜市郎が立ち上がって峰子に聞いた。

「駄目やちゃ、酸っぱい酸っぱい」

あわてて、喜市郎に目配せをしながら清一がさえぎった。峰子と澄夫に気に入ってもらおうとせっかくのご馳走の目論見《もくろみ》が狂うのである。

「おいしそうやわ、食べてみたい」

心が跳ねる自然な言葉が峰子の口から飛び出し、今日はじめて彼女の目が輝いた。

「食べて、食べて」

喜市郎はその一言に調子に乗った。自分のこしらえた鮨には自信があったのだ。

「食べれん食べれん。酸っぱいがやちゃ」

清一は必死に止めた。せっかくのご馳走が台無しである。

「ほんまに大丈夫ながけ？」

それでも気が引けた喜市郎がもう一度峰子に優しく念を押した。

「熟れ鮨でっしゃろ」

「えっ、知っとんがけ？」

「琵琶湖のフナ鮨、おかあちゃんよう買（こ）うてきてくれたわ」

「そうか、よっしゃ持ってくるわ」

喜市郎が小躍りして台所へ行ったすきに、清一はぼそっと聞いた。

「峰子ちゃん、酸っぱくないが？」

「おかあちゃん、大好物やったんえ」

「フナ鮨が？」

「里の味やって」

「さとの味って？」

「前のおかあちゃんも琵琶湖の生まれなんぇ」

「びわこって？」

「海みたいな大きな湖。おかあちゃんたちの親はそこの漁師やて」

「峰子ちゃん、今のおかあちゃん、本当のおかあちゃんやないがけ？」

部屋中の話が一瞬のうちにピタッと止まった。どの会話も中断したのである。大人の誰もがみんな清一を見つめた。驚いて表情がなくなったきみ子の顔を澄夫が無邪気にじいっと見つめている。誰も何も話さない。この気まずい沈黙ではじめて清一は峰子にしてはいけない質問をしてしまったとわかった。

「本当のおかあちゃん……澄夫を産んで、なくなったんえ」

誰に言い訳をするわけでもなく、沈黙を破って峰子がぽつりと返答を返した。

「今のおかあちゃん、黙って二人を引き取ってくれたんぇ」

「峰子ちゃん、いいがやちゃ。今日は祭りやから、そんな話いいがやちゃ」

台所から鮎鮨を持ってきた喜市郎があわてて割り込んで峰子の隣に座り込んだ。峰子は場が白けた責任を感じているようにせき込んで話した。

「おかあちゃんたち本当の姉妹ぇ」

「今日はお祭りやさかい、お母ちゃんのよう買（こ）うてくれた熟れ鮨でもたくさん食べて、元気になってや。そうでないと来てもろた意味がないちゃ」

「そうやそうや。峰子ちゃん今日は祭りのお客さんやがいね。好きなもん食べて元気になってや」

きみ子も喜市郎の作った雰囲気を壊さないように一生懸命に後押しをした。

「よっしゃ、わしが歌うちゃあ」

善蔵爺さんが急に突拍子もない高い声で歌い始めた。

越中で立山　加賀では白山
駿河の富士山　三国一だよ

善蔵爺さんの気持ちに追いつこうと姉たちが囃《はやし》ながら合いの手を打つ。

唄われよ　わしゃ囃す

善蔵爺さんが伸びのある声に変わった。

おわら踊りの　笠きてござれ
忍ぶ夜道は　オワラ　月明かり
キタサノサ　ドッコイサノサ

美容師の姉が合いの手を入れる手拍子から、次はわしと歌謡曲を歌い始めた。

粋な黒塀　見越しの松に
粋な姿の　洗い髪
死んだ筈だよ　お富さん
生きていたとは　お釈迦様でも
知らぬ仏の　お富さん

エーサオー　玄治店《げんやだな》

手拍子とともに何曲か歌が続き、みんなの食も進み、陽気な明るさがまた部屋に広がった。おなじみの笑顔と手拍子が歌声の張りをどんどん支援する。その合間に笛や太鼓の音がゆっくり近づいてきて、それがふっと消えた。玄関が突然開いて黒服の口上を述べる人が飛び込んできた。

「花の御礼申し上げます。目録（もーくろく）一つ。御酒万樽（おんさけまんだーる）。金数は日本銀行総揚げ。人気はえーとえーと。御贔屓《ひいき》ありまして中川様より柳町獅子方若連中は……」

言い終わらないうちに、獅子頭《ししがしら》が囃子の笛や太鼓の音を引き連れて畳の上まで踊り上がってきた。わけもわからぬ恐怖で泣きそうになる澄夫がきみ子の背に隠れるようにしがみついている。

「澄夫ちゃんはいい子やからなあんもせんよ。お獅子は家の中の悪いもんを追いだすだけながやちゃ」

おびえている澄夫をきみ子が前に抱きかかえて自分の膝の上に座らせた。初めのうちは祭り気分の小さな祝いのキリコと獅子舞のくり返しであった。店の開店祝いもかねての祝儀のはずみで、五穀豊穣を願ったキリコの踊りが終わると、次は天狗の舞になった。眠っている獅子に悟られないように天狗が近づき退治するという筋立てである。忍び寄る天狗は剣を背中に隠し、秘めた戦意を舞うのである。その際、天狗はあらゆる武道の型を披露する。天狗の扱う刀には刃がないが本物の重さがあるので、体力のいる舞である。獅子舞のメインイベントである。それは見慣れている町の人たちすらいつの間にか息を呑んで見つめてしまう緊張感がある。知らず知らずのうちに峰子も澄夫もきみ子の前に身を乗り出していた。

「峰子ちゃん、天狗の舞好きか？」

清一は峰子の横に並んで聞いた。

「……」

「これから獅子退治やちゃ」

天狗の刀の柄の音で眠りから起こされた獅子は怒り狂って襲いかかる。天狗との激しい戦いは獅子頭が暴れまわるだけでなく、胴膜の若者までが道路を何度となく往復し身をよじって走りまわる。膜の中で息があがって絶え絶えになる頃、やっとの思いで獅子は切り殺され退治される。

「清ちゃん、獅子はなぜ殺されるん？」

「……」

「獅子は悪うないのになぜ退治されるん？」

「……」

峰子の言葉に清一は考えたこともない質問をされて答えが浮かばなかった。

「勝ちゃんぇ」

獅子頭を見ていた峰子がつぶやいた。ほの暗い外灯の中で清一も目を凝《こ》らしてみると、獅子頭の中で舞っているのは見慣れた勝男の頑丈な体とふくらはぎだ。

「ほんまや、勝ちゃんや」

死んでゆく獅子はそのあとが見せ場になる。重くて大きな獅子頭の動きだけで観客に消え逝《ゆ》くはかなさをゆっくりと見せるのだ。天狗の舞の獅子頭のクライマックスだ。

「勝ちゃん、泣いてはるわ」

「……?」

峰子の言うとおり獅子頭の動きが止まった時、両腕で支える頭（かしら）が小刻みに揺れ動いているのだ。それに獅子頭の死んでゆく繊細な動きがいつもよりずうっと長く感じる。この時峰子は獅子頭にじいっと目をやったまま、横にいた清一の手にそっと触れてきた。

しばらくして天狗の舞が終わり、舞い終わったことを知らせる横笛の後も、獅子頭の中から勝男は出てこなかった。獅子頭は重さが十キロ近くもあり、誰でも一踊りすると疲れてすぐに交代するのにと清一は不思議に思った。そして気づくと峰子の指は清一の手から静かに離れていた。

獅子舞連《れん》に挨拶にと喜市郎が表に出てきた。

「あんがとうね。丁寧に舞ってもらって」

礼を言う喜市郎に獅子舞の口上の人たちが声をちょっとひそめた。

「江尻の爺っちゃん今朝病院でなくなったって。さっき、鉄也のところに電話があったそうやがいね」

「ほんまけ。……そうけぇ駄目だったけぇ。爺っちゃん、ようけ頑張ったがいね」

先週、雨で漁が休みの日に喜市郎が爺っちゃんの病院を訪ねていた。六人部屋の奥のベッドに寝ていて、もはや言葉を聞き取る気力もなかった。ドロンとした視点の無い目と開いたままの口が人と接するのを拒絶していた。喜市郎がそのことを一言も言わず、今はじめて爺っちゃんの容態を聞いたように返事をした。そのあとは喜市郎にきちんと報告するわけでもなく、柳町の獅子舞の口上の人たちが勝手に言い合っていた。

「三ヶ月以上やがいね。入院してから」

「痛みが長かったからやがいね」

「勝ちゃん、しょっちゅう見舞いに行っとったちゃあ」

「ばあちゃんが迎えに来たがいね」

「そうやちゃねえ。あの二人仲良かったがやちゃ」

勝男が見あたらないので、喜市郎がとりとめのない話の中に割って入って聞いた。

「明日お通夜け？勝ちゃん大丈夫ながけ？」

「勝ちゃん、それから獅子の中に入ったままやちゃ。おっちゃんとこで最後やさかい、天狗の舞の頭（かしら）をやりたいいうてここまで来たがやちゃ」

「あんがとうな、勝ちゃん……」

喜市郎が勝男に向けての言葉を飲み込んだ。すると若衆の何人かが近寄ってきて、そのうちのひとりが清一の隣にいた峰子と澄夫を見つけた。

「えっ、おっちゃんとこにこんなにようけ子供おったがけ？」

ひょろりとした若衆の大袈裟な驚きに隣の肥った若衆が言う。

「なにちょろいこと言うとんがいね。二人は雄権楼の小雪はんの子やがいね」

「ほんまに母子（おやこ）でわらびしいちゃ。町のお偉いさんだけやないがやちゃ。県のお偉方も雄権楼の小雪に入れ込んでいるという噂があっちゃ」

「そんでか、雄権楼の親父、今度漁業組合の理事になったそうやがいね」

「県から払い下げがあったがいて」

「なにけ？」

「土木工事用のブルドーザーやがいね」

「小雪はんの周りだけは神武景気やがいね」

「福まんは運だけやないちゃ、金も集めるがやちゃ」

「いい若いもんが、余計な話せんでいいちゃ」

喜市郎が戯言《ざれごと》を言う若衆たちの背中やお尻を軽く叩きながら、彼らたちの話を強くさえぎった。

「なあん、心配せんでいいちゃ。この子のほうがおかあちゃんより、よっぽどガッチリしとんがやちゃ。学校から帰っておかあちゃんがゆんべ（昨夜）稼いだ金、中町の信用金庫に毎日必ず預けに来るそうやがいね。前の晩泣いて稼いだ金ぜーんぶやがいね」

若衆のひとりが勢い込んで言い返した。ほんまけとその中のひとりが妙な確信を持ったように笑った。あとの二人もにやりと笑った。

「泣いて稼げるがやちゃ、けなるう（うらやましく）なるちゃ」

「泣くいうてもうれし泣きやないがけ」

「おくしー（美しい）ひとは泣けば泣くほど儲《もう》かるがやちゃ」

酒の勢いとはいえ何かさげすんだ物言いに、清一は柳町の男をはじめて強烈に嫌悪した。峰子の頑なな無表情の中に、彼女の鋭利に突出する悔しさと怒りの感情を清一は横で感じ取っていた。

「トモヤス、いい加減にせな。ついこの間まで、オムツしとったくせに」

よく喋る若衆のひとりの名を呼びつけ、喜市郎が威嚇《いかく》するようにこの場から去らせた。

4

祭りが終わると、朝晩の空気が急に冷えて重たくなり、樹々の紅葉が一気に周りの山から速足で駆け下りてくる。とくに北西に位置する二上山の紅葉は渋鮎（さびあゆ）の終わりを庄川の漁師に知らせると同時に、鮭漁の季節が来たことを教えてくれる。渋鮎は別名落ち鮎ともいい、産卵期を終えて、体が刀の錆びて黒ずんだ色になって川を下る雄鮎のことだ。

放課後、鮭漁の網を修繕している喜市郎の脇にランドセルを投げ出し、清一はトロッコ橋へ歩いていった。道脇の草さえも秋真っ盛りの赤や黄色に変色していた。空もどんよりと鼠色の雲が垂れて肌寒い午後であった。勝男を捜したが橋の上にもトロッコを操作する場所にもいなかった。砂利の粉砕音が轟《とどろ》く中で、年寄りたちがブルドーザーで集められた大粒の砂利をトロッコで運搬して、ベルトコンベヤーにスコップで載せている。大きな粉砕機で細かく砂利を砕いて引き込み線の国鉄の貨車に詰め込む作業だ。

「本江のじいちゃん、勝ちゃん知らん？」

「ああ、事務所に呼ばれていったがいね」

「ふうん……」

「もうそろそろ帰ってくっちゃ。そしたら今日は上がりやがいね。勝男、今朝早ようからトロッコ動かしてたがやちゃ」

清一はありがとうと礼儀正しく頭を下げて向きを変えた。和田川の堤を歩きながら、小石を拾っては下手に投げて水平に川面に飛ばした。小石は二三度勢いよく跳びはねて、水鳥が舞い降りるように小刻みに水面をけって静かに水にもぐった。雄権楼の長屋の裏まで来たとき、ゲンタの切ない鳴き声が聞こえた。もう少しで成犬の大きさに近づいているゲンタの首に手を置き、撫でたり優しく捻ったりしながらじゃれ合った。じゃれあいながら清一は自分一人ではまだ何にもできない四年生だと峰子の一人稽古と比べてそのふがいなさに鬱屈《うっくつ》していた。

「清ちゃん？」

声のするほうに清一はつかの間の光芒をさがすように顔を上げた。裏玄関が開いていて手前の台所は明るかったが、障子の開け放たれている奥が闇のように暗くてよく見えなかった。

「峰子ちゃん、いる？」

「峰子は澄夫と一緒に、今、使いに行ってるよってに」

小雪の声だけが空気の静止した部屋の中から聞こえてきた。夏の終わりに峰子と押し入れで聞いた気風のいい小雪姉さんの声と違って、子供たちの母親という感情の起伏を抑えた優しさが素直に伝わる声だった。

「……」

「こっちに来はる？　いいものあげるえ」

清一は小雪の誘いに何も言えずにゲンタのそばで立ち尽くしていた。

「花林糖《かりんとう》嫌い？」

「ううん……」

屋内の暗さに慣れてくると、小雪が浴衣の上に綿入れの半纏《はんてん》を羽織って敷布団に座っていた。崩した膝の前に白い湯飲み茶わんと花林等の紙袋がのった盆が置いてあった。

「清ちゃん、甘いもの嫌いか？」

「なあん、好きや」

「ほな、こっちにおあがり」

清一は、もっと遊べと催促するゲンタを離して、裏口にズック靴を脱いで、広い廊下から部屋の敷居をまたいで正座した。近くで見る小雪は化粧もしない素顔のままだった。眉がないほどに短く目の周りに細かな皺《しわ》があったが、艶やかな長い黒髪と形のいい赤味がかった唇が鮮やかに映えていた。小さな火鉢が炭を赤くしていて部屋の中は暖かかった。

「これ、沖縄のやさかい、アメリカからの輸入品やて」

そう言いながらひとかたまりの黒蜜花林糖を、白い腕を伸ばして手渡してくれた。部屋の隅にはクレヨンの散らかった描きかけの絵が一枚あった。

「ほな遠慮せんとお食べぇ」

ゆったりと着こなした浴衣の襟元から白いふくらみが垣間見えた。清一はあわてて視線をそらして花林糖を一つ口に入れた。濃い黒砂糖の甘味が舌の先から奥へとじわり染み込んでくる。

「清ちゃんとこうやって話すのはじめてやな」

小雪の話し方に大人扱いを感じ、清一は照れて左の手のひらの花林糖を持ち上げた。持ち上げながら剽軽《ひょうきん》におどけて頭を下げた。

「これ、うまいっちゃ。あんがと」

「礼儀正しい子ぉやね、清ちゃんは」

清一は綺麗に整頓されている鏡台の上を見て、小雪はこれから小雪姉さんという芸者に変貌する準備のときなんだと思った。化粧台の品々から忘れもしない薄甘い匂いが漂う。峰子に引きずりこまれた押入れの中の甘くて気だるい香りを思い出した。

「いつもおばちゃんやおじちゃんにうちの子ら面倒みてもろて、おおきになあ、ほんまに感謝してますえ。それにここんとこ、澄夫を夜預かってもろうて。ほんまに大助かりや」

小雪が布団の上で半纏を肩から外し浴衣の裾を整え、座りなおして大人にするように深々とお辞儀した。背筋を伸ばした後衿の隙間から、小雪の白くてきれいな背中が見えた。

「澄夫が御飯食べるとき、正座して自分から両手を合わせて、いただきますゆうたときは涙が出ましたえ」

澄夫は四歳で体が男の子らしく大きくなっていたが、言葉数が少なく知恵遅れの子といわれていた。絵を描くことが好きで母と姉のそばにいるときはいつもそうしていた。町の子たちと一緒に遊ぶこともせず、清一と義則とはたまに遊ぶが、きみ子か喜市郎がそばにいないと急に無口になって萎縮するのだった。

「清ちゃん、学校の成績いいんやてなあ。峰子が褒《ほ》めてましたえ」

「……」

「峰子も学校ちょいちょい変わるよってに可哀想やねん。もとは頭のいい子やのに、な」

「峰子ちゃん、芸者になるん？」

「えっ、そうやな」

小雪が身体をひねって鏡台から飴色に照かった櫛を取り上げ、それを長い髪に挿し流しながら、清一から一度視線をそらせて再び話し出した。

「芸者になるには仰山《ぎょうさん》お稽古事ありますねん」

「峰子ちゃん、きれいやし。三味線、上手いがね」

「清ちゃん、褒めてくれはるの。……嬉しいなあ」

「うちのとうちゃんも褒めてたがいね。芸は身を助けるいうてたがいね」

「そんなむつかしいこと分かるの？清ちゃん」

「なあん、わからん。けど、すごいなあ峰子ちゃん」

「女は……何か芸事しないとひとりで食べていけんのんえ、清ちゃん」

ときどき小雪が話の途中に小さな咳をした。咳のたびに小雪の肩が揺れて、襟から見える白い肌が清一の心をわけも分からずゆすった。言葉に力が入るためか、炭の赤が映るためなのか、それが薄く桜色に染まるのが美しかった。峰子と一緒に入った押入れの匂いと、和田川で触った峰子のつるんとした肌を思い出していた。そして何より男に押し倒されて、衣擦れの中に聞こえた小雪の人を包み込むような声を思い出していた。

突然ゲンタが警戒するような声を出した。低く短く吠えている。

「誰かおるがけ?」

声のするほうに目をむけると、皺の多い猿のような赤い顔が長屋の裏玄関に立っていた。雄権楼の旦那だ。体も小さい人なのに、どうしてこの町では金持ちの代表なのか清一には理解できなかった。旦那はいつもの茶色の革ジャンパーに膝まで太い大工のズボンだった。

「中川のあんちゃんえ」

小雪が軽く紹介して、鏡台の前に座りなおし簡単に身繕《みづくろ》いをしはじめた。

「中川のあんま(長男)か?」

旦那がにこっと笑った。取って付けたような笑顔だったが、誰もが気を許してしまいそうな愛嬌のある顔だった。

「峰子と同級生ながいて?」

聞かれた旦那の言葉に清一がうなずくと、

「そうかあ。よろしく頼むちゃあ、なあ」

旦那が子供のような小さな手を伸ばして清一の頭を触ろうとした。触られたくなくて清一はとっさに帰りの靴を探す真似をして身をかがめた。首をかしげると、小雪が鏡台の前に座って手際よく顔に化粧をのせ始めていた。

「いや今日はちょこっと話があって来ただけや」

「なんの話しどす？」

「今年の四月にお上が決めたあのことやがいけど、十二月に国連に日本が加盟することほぼ決まりやそうや。そんで再来年施行（売春防止法）の決まりが一年早まりそうながいちゃ。お上もよっぽど身を綺麗に見せたいんやろう。県を通して急いで通達してきやがった」

子供が聞いては駄目な話だと、清一は裏庭に出てゲンタと遊びながら峰子を待つことにした。それでも大人の会話が追っかけて聞こえてきた。

「来年の四月にはまたこの大門からどこぞへ移れということどすか？」

「そこまで性急な話じゃないがやけど、こちらも対応策考えんと」

「どないしはるん？」

「今のままでも開店休業中やのに、このままやと来年の四月には売春防止法一部施行でわしら皆完全廃業や」

「わたしらももう働けしませんな」

「わしが紹介できるんは宇奈月だけや」

「また温泉場どすか？」

「あっちのほうが法律の施行まで一年の猶予はあるがな……」

「……」

「だからわしが話した県会議員の先生の世話になったらいいがね」

「……」

「借金は棒引きにするし、生活費だけやない、住む家まで面倒見てくれはるがやちゃ」

「借金は旦那さんが漁業組合の理事になったことでなくなる話やおませんの？」

「上手くいけばな。なにごとも結果が出な、意味がないちゃあ」

「どういう意味どす」

「わしは漁師やないがな。それが理事になった。これからの川の組合は漁業だけやないがを他の連中にわからせなあ、あかんがやちゃ」

「お金が入れば分かるんとちがいます」

「後半年はかかるやろ。儲かってからの話や」

「儲かるのんと違いますの？」

「そりゃあ儲かるがな。何といってもこれからは車のための舗装道路やがな。日本国中の道路という道路がみんな舗装されるがやちゃ。舗装するアスファルトにしてもコンクリートにしても砕いた砂利が必要なんや、それも膨大な量や……そんために庄川の砂利ほどいい砂利はないがやちゃ。……ただ一級河川は国と県と土地の漁業組合が上手い具合に連係《れんけい》しなあかんがいね」

「先生を引き込めば借金は無しやという話と違うやあらしませんか……約束は約束ですえ。守っていただかんと……旦那さんは欲深いお人や」

「お前さんのほうこそ、ここんとこ、冷たいやないか？」

「そうどすか？なあんも変わらしませんけど……」

「新しい男が出来たんやて？」

「いつも新しい男はんに助けていただくのがわたしらの商売どす」

「柳町の田村勝男とはどうなんや」

「勝ちゃんどすか？いい男はんですわ」

「一人の男とだけ噂が立って、店に金が入らんとわしが困るがな」

「……旦那さん、うちの子らがお世話になっとるお人や。わたしの身体が目当てやあらしまへん。わたしの男や言うたら罰が当たります」

清一には難しすぎる会話であった。聞いていても仕方がないので、話の途中でゲンタと別れて、土手っ縁を駆けのぼって和田川沿いを浄苑寺の裏まで走り、そこから倉町の表通りに出て、地蔵の祠の前で峰子と澄夫を待つことにした。清一より小さな子供たちがたむろしていた。みんなで紙芝居のおじさんの到着を待っている。自転車の荷台で繰り広げられる紙芝居は、黄金バットが子供たちの人気を呼んでいた。しばらくして花屋の前を峰子がひとりで空っぽのような布の袋をぶら下げて帰ってきた。清一は声をかけながら走り寄った。

「峰子ちゃん、澄夫は？」

「清ちゃんとこのおばちゃんに中町でおうたんぇ。一緒に買い物して帰るって」

「博たちと大将けんべ（子供たちを将棋の駒にしての追いかけっこ）して遊ばん？」

「トロッコに乗りたいわ」

「トロッコに？」

「いっぺん乗りたいんやわ」

「なんで？」

「なんでて……なんか違うとこに連れてってくれそうやわ」

「うん、勝ちゃんに頼んでみっちゃ」

ふたり並んで歩いて雄権楼の長屋の前まで来た。使いのものを置いてくると峰子が玄関の戸を開けて中に入った。一瞬、表情が変わり何かを窺うように急に身を硬くした。振り向きざまに、峰子が普段出さない大きな声で言った。

「清ちゃん、すぐさまトロッコ見に行かへん」

玄関脇の三畳間の襖を開けて使いの袋を音がするように投げ入れ、玄関の戸をしっかりと閉め、表で待っていた清一の前をさっさと通り越し、峰子は北の鉄道のほうへ歩き出した。

トロッコの台車の部分は見た目よりはるかに重く出来ている。分厚い鉄道の枕木を斧で削って何枚も重ね合わせて作るので、頑丈で重量がある。鉄の車両と軸をがっちり固定し、どんなにスピードが出ても脱線しないような仕組みに出来ている。その車体の重さと重心の低さで傾斜を自然に滑り降りるので、スリル満点の乗り物になる。最後に緩やかな傾斜を滑り降りると線路は水平になり、ある程度走ると自然に止まるように設計されている。傾斜の高いところまでトロッコを引き上げるのはモーターで巻き上げる太い鉄線のワイヤーである。

大門町は桜の樹々で囲まれた町でもあった。とくに柳町は和田川も庄川の土手の上も桜の木が絶え間なく植えこまれていた。トロッコ橋からトロッコが通過するところは春になって桜が咲けば一面美しい桜の森になるのだ。

「峰子ちゃん、春はここ、桜の森やがいね」

「ほんまに?」

「ほんまや。満開の桜の森のトンネルをトロッコが走るんやがいね」

「見てみたいわあ、清ちゃん……トロッコは魔法の絨毯やわ」

風を身体一杯浴びて、景色が後ろにどんどん消えてゆくトロッコの快感に峰子もまた無邪気に嬌声《きょうせい》を上げた。一番下まで降りて、庄川の川原から引っ張り上げてもらい、堤防の長い坂を上り、左に折れて和田川の上の橋を渡るころ、操作している勝男の顔が見えてくる。清一と峰子は同時に手を振った。さあもう一回とふたりは意気込んでトロッコの囲いの中で座りなおした。

「おわたちも乗せろや」

トロッコが出発地点に戻ったとき、国鉄の鉄道線路をまたいで四人の仲間と一緒の陽次が声をかけてきた。漁業組合の理事の子供が二人いた。トロッコが組合のものだと主張して、乗る権利があると得意顔をするのは目に見えている。

「前から言わなあかんがいね」

峰子を背中に隠すようにトロッコの上で体を居丈高に突っ張らせて、清一は陽次たちの要求を撥《は》ね退けた。

「お前たちも言ったがか?」

「勝ちゃんに前から頼んだがやちゃ」

「ほんまか?」

「陽次明日にしろや」

勝男が操作のブレーキ棒を引きながら低い声で言った。

「おわたちも乗せてえな」

理事の子の一人が媚《こ》びるようにふざけた声でおどけた。

「暗くなるから、今日はもう止めやちゃ」

陽次たちの声が聞こえないふりをして、勝男が無表情に操作のスウィッチを切った。モーターの音が終息を告げるかのように萎んで止んだ。

「まだ西の空が明るいがいね」

「明日にしろや、明日はトロッコ、三台つないでおくさかい」

勝男がそう言い残して、帰る仕度をしに小屋の奥に入っていった。

「今乗りたいんや、なあみんな」

しつこく陽次はみんなを焚《た》き付けた。

「そうや、そうや」

「女郎の子はいいて、理事の子は駄目ながけ?」

「そうやそうや、女郎の子はいいがけ?」

「女郎やないが、芸者や、小雪はんは」

清一は一言反論してトロッコから降り、もう戦闘体制に入っていた。しかし、腕力ではかなう相手じゃなかった。飛び掛る前に軽く腹を蹴られていた。清一にいままで何度か鼻血を出させ、着ているシャツをずたずたにしたのも陽次だった。警戒されたら喧嘩のやりようがなかった。

「だら（馬鹿）いうな。女郎は女郎や。なでなでして抱えられて、男をみんな丸めよるがいね。こんな田舎にほんまもんの芸者がいるわけないいちゃ。ここの女郎はあそこを使うか見せるしかないんや」

峰子が降りると同時に、五人はすばやくトロッコの上に入れ替わり飛び乗った。全員が箱の中に入れないので、陽次ともうひとりの男は箱の外の縁に掴まり立って、足を鳴らして大人っぽい気勢をあげた。

「峰子、金ならあるちゃ。見せてくれたら、金払うちゃ」

ズボンのポケットに片手を突っ込んで、これ見よがしに手を動かしている。

「見せてえなあ！あそこを拝ましてくれたら、みんなで金だすちゃあ」

赤い夕日が雲を透かして薄ぼんやりとトロッコの片面を朱に浮き上がらせた。陽次の顔がまだらに赤らんで、化粧が剝《は》げ落ちたチンドン屋のピエロの顔のように見えた。清一は峰子を見た。顔から血の気が引いている。何かを決意した予兆だ。峰子がクルリと向きを変えて、トロッコの操作場に向かってすたすたと歩き出した。

「動かせ！動かせ！」

五人が囃したてた。峰子を猛烈にあおっている。峰子が眉一つ動かさず操作場に立ってスウイッチを入れブレーキ棒を緩めた。モーターの音が復活して、トロッコはゆっくり始動した。

「危ないがやちゃ。止めろ！」

ざわつきを察して勝男が奥から飛び出してきたときはもう遅かった。トロッコは動き出しレールの継ぎ目の数を数えるようにゆっくりと坂を滑り出していた。

「伏せろ！伏せろ！」

勝男が声を張り上げてトロッコを追いかけた。トロッコは五人を乗せて加速し、猛烈な音と勢いを撒き散らしながら和田川の橋に突入した。トロッコが水平になったと思ったその瞬間、峰子がブレーキ棒を手前に引いたのだ。繋《つな》いでいるワイヤーがビビーンと蛇のような動きをして一本の鋼鉄の金棒に張りつめた。鉄のドラム缶の張り裂けるような音がした。全員がワーッと驚きの声を出し、縁に立っていた二人の下半身が空中に跳ね上げられた。猛スピードのトロッコに急ブレーキがかかったのだ。ふたりは必死に箱にしがみついている。そのふたりを箱の中の三人が服を掴んで引き込んでいる。

「触るな！」

勝男が振り向きざまに峰子に怒鳴った。その声の異常さに峰子がブレーキ棒から手を離した。ワイヤーを引きずりながらトロッコはブレーキが突発にかかり、ガクンと減速して今にも脱線しそうな勢いで緊急停車した。幸運なことに、峰子の力不足でブレーキが半分も作動せず、トロッコの重さとスピードがワイヤー止めの金具を跳ね飛ばし、壁の鉄板を引きちぎっただけですんだのだ。

勝男が橋の途中で止まっているトロッコの連中に声をかけた。

「大丈夫か？なんともないが？」

五人はどこかを打ちつけたか擦《こす》ったりして、痛いところに手を当てていたが、それぞれに無事を知らせ合っていた。それを確かめて、勝男が操作場の方に歩いていった。清一はどうしていいのか判らなくなっていた。勝男の怒っている気持ちもわかるし、峰子の怒っている気持ちもわかる気がしたからだ。操作場のスウィッチを全部切って、勝男が峰子の前に立った。

「よう堪（こら）えたがいね」

勝男の最初の一言だった。優しい言葉だった。怒ると思っていた清一には意外な言葉であった。峰子の目にみるみる涙が溢れた。涙を溢れさせたが峰子は声を出して泣かなかった。拳を握り締め、唇を真一文字にし、両足を広げて踏ん張っていた。無言のまま踏ん張っていた。勝男が目を反らさないでそんな峰子を冷めた無表情な眼差しで見つめていた。

「どうしたんやこのあざ？」

それから二日過ぎた晩に、清一は西町にある布目の銭湯で喜市郎に胸の下のあざを見つけられた。トロッコのところで陽次につけられたあざだ。

「また誰かと喧嘩したがけ？」

「なあん……」

「痛あないがけ？」

「なあん、街頭テレビの力道山の真似しただけやちゃ」

「プロレスの真似したらあかんて春木先生言うてたやろがいね」

「空手チョップの真似だけやちゃ」

「真似ちゅうてもあざが出来るくらいながいちゃ、危なくないがけ？」

「あざが出来るぐらい強うなきゃチョップの威力が分からんちゃ」

十人は入れる大きな湯船の中で、真顔で言う清一の屁理屈を喜市郎が呆れながら聞いていた。

「……でも気ぃつけな、あかんちゃ」

「わかっとる」

ごまかしの返事をしながら、清一は峰子が今どうしてるだろうと思った。我慢強くて、ちょっとおませな峰子が急にとがった感情に突き動かされる。峰子の思いつめたときの表情と行動には、清一の計り知れないものがあることを知らされた。

布目の湯を出て、タオルと石鹸箱の入った湯桶を抱えて倉町の細い路地に入ると、頭上の連なった赤提灯が濡れた路面を照らしていた。寂れたといいながらも地蔵の祠まで歩いてくると、酔いどれた男たちの何組かの塊《かたまり》に出会った。男たちはあっちこっちの朱い格子の前で足を止め、女たちと言葉を絡ませてざわついている。清一と義則は見て見ぬ振りをして歩いた。町に提灯の明かりが灯ると遊郭の近くに行っては駄目、女たちの化粧顔をまじまじ見ては駄目、通りの男たちの顔をじろじろ見ては駄目と言われて育ってきた。

「峰子ちゃん、早よう早ようせられ」

倉町の真ん中で駄菓子屋を営んでいる開発（かいほつ）のおばちゃんが峰子の家の玄関に首を突っ込んでせかしている。

「どうしたがいね？おばちゃん」

喜市郎が近寄って声をかけた。

「どうしたもこうしたも、小雪はん倒れはったがいね。今しがた浅山に運ばれはったがいね」

浅山とは開発の店の前にある浅山病院のことだ。内科も見るが、専門は外科。盲腸では有名な外科医で、地元の人は余程のことがない限り気軽に通えなかった。入院設備が整っている大きな和風の建物で、病院になる以前はやはり大きな遊郭であったと清一も知っていた。

「宴会中に血ぃ吐いて倒れはったがいね」

開発が大きな身振りで話している時、峰子が玄関から飛び出してきた。喜市郎を見つけて今にも泣きそうな表情で、不安げな視線を奥にやった。

「峰子ちゃん早ういかれ、澄夫ちゃんのことは心配せんと。うちが預かっちゃ」

喜市郎が声を明るくして峰子を励ました。

「おおきにぃ……」

つぶやくように礼を言って、峰子は浅山病院に走った。


庄川の流れに川原の霜の光が乱反射する季節が過ぎて、鋭く乾燥した大陸風の吹き荒れるこの季節が川漁師にとって一番厳しい時期だ。川っ面を削る北風はまだ雪が舞うほどの湿り気がなく、その風が肌に触れるだけで凍てつく錐で肌を突き刺される痛さを覚える。鮭漁のため二隻の笹舟がハの字になって川を下る様は、川面から水蒸気の靄《もや》がかかり、遠目にはまるで墨絵の世界のように美しく映る。しかし、実際には川の漁師たちはみんな鼻水ずるずるの寒さなのだ。川上から川下へと一度の捕獲作業に一時間ほど費やすが、寒くて体力をかなり消耗するので、三十分ほど筵《むしろ》で作った掘っ立て小屋で暖を取らなければならない。中州に流れ着いた枯れ木を拾い集めて、小屋で燃やして凍えた体を温めるのだ。軍隊から田舎に帰ってきたころ、その小屋の中で勝男が喜市郎の手を見て、誇らしげな漁師の手があることを知ったという。掌が小さくて、指の関節がゴツゴツして、手の甲が真っ黒に照かり、そのうえシワクチャだったそうだ。その話を勝男から聞いてから、清一は時々思い出したように喜市郎の手を穴が開くまで眺めていることがあった。

「またお父ちゃんの手を見とんがけ？」

清一の姿を見て、きみ子があきれて溜息混じりに言う。

「……うん」

「お父ちゃんの手、なんか面白いがけ？」

「なあん……」

喜市郎の手はどんなに網が破れて大きな穴があいていても、数分も経たないうちにテグスを巻いた道具を器用に操って元の網の目にしてしまう。まるで喜市郎の手が自らの意志で動いているような魔法の手に見えるのだ。

「とうちゃん、庄川で橋の上から鮎とか鮭（しゃけ）見えるがけ？」

「ああ、見えるがいね」

「漁師はみんな見えるがけ？」

「ああ、そうや」

「でも、どうして人によってとれる量があんなに違うがけ？」

喜市郎が一晩で獲ってくる鮎の数、鮭の数は他の漁師の倍以上である。

「それはな、清一……七、八百メートルも前から魚が見えるもんと、そこに来ないと見えんもんのちがいやがね」

「どういうこと？」

川の話はいつもここまでであった。それ以上の話は喜市郎が笑ってしなかった。川漁師がもう職業にならなくなっているのに、清一に語り聞かそうとは思わなかったのだ。だがこの日の清一は貪《むさぼ》るような目つきで真剣な顔をして聞いてきた。喜市郎もほだされてつい話してみる気になった。

「……鮎も鮭も一匹だけで川を上がる魚やないがやちゃ」

「一匹やなくて群れを作るということ？」

「そうや。そして半分はこっちに向い、半分は違う方向へという魚でもない」

「みんな同じ方向？」

「そうやがいね。それに漁師の経験と勘が働くがいね」

「ようわからんちゃ」

「夕方の明るいうちに漁に出るがやちゃ。川に出るとその日の天候や水の流れや風の状態がすぐにわかるがいね」

「ご飯食べてる最中に、とうちゃん、あっ風が変わったというもんね」

「そうや。水の温度も同じやがいね。一本の川の中で幾筋も違う温度の水の流れがあるがやちゃ。魚には水の温度が水の味になるんやがいね。」

「ふうん……」

「それが重なったり、離れたり、よじれたりして流れるのが川というもんながやちゃ」

「ふうん……」

「今日の鮎はどう上がってくるか、今日の鮭はどう泳いでくるか、どの水を好むか、魚が選んでくる道が見えるんやがいね」

「毎日変わるが？その魚の道は？」

「微妙に変わるがいね。それで、その道を追いかけっと、ようけ見える時で半里先まで見えて、いま魚がいるのは水面の変化でどこらへんかわかるがいね」

「そんなのわからんちゃ」

「水面の色が微妙に変化するからわかるがやちゃ。それと魚の群れが作る小さな波が流れの波と違うがやちゃ。目を凝《こ》らして見ていると、ずっと先までわかるがやちゃ」

「でも夜真っ暗ならわからんがいね」

「柳町の漁師なら、夕方、川に出てすぐにわかるもんやちゃ」

「ふうん……」

「夜さりはどの道を通って、どこで頑張って泳いで、どこで息つくか。魚の気持ちになって考えるがやちゃ」

「ふうん……」

「それをどこで針を流すか、網を張るか。それが面白いんやがいね」

「ふうん……」

清一には魚の気持ちといわれてもさっぱりわからなかった。やっぱり難しい話だった。


小雪は胸の病を患っていた。初めて吐いた血の量から浅山先生は初期の症状と診断し、高岡市民病院に転院させ精密検査を受けさせた。薬剤の進歩は著しく投薬治療で治ると診断された。小雪は三週間ほどで退院し、年の暮れも押しせまった頃倉町の長屋に戻ってきた。

「今度ばかりはみなさんにお世話になってしもうて」

雄権楼の仲間の女の人たちが帰った後、小雪が敷布団の上に正座して、町のおばちゃんたちに深々と挨拶をした。入院している間二人の子供のために、きみ子をはじめとするみんなの細かな気遣いがあったからだ。

「で、小雪はん、これからどうするがけ?」

開発（かいほつ）のおばちゃんが聞いた。お座敷で血を吐いたので、噂するまでもなく、小雪の肺の病気は町の人みんなが知る周知の事実であった。周りに迷惑をかけることになるので、花街の掟として黙って町を去らねばならない。そのうえまだ年季が明けていないので、借金と預金が相殺され、借金が多い場合借金だけが残る。とりあえず遊郭の旦那からの見舞金だけで旅立たねばならない。

「……よう考えてみます。子供たちがまだ小さいよって」

「無理したらあかんがいね。まだ治るまで時間がかかっちゃ」

炬燵《こたつ》の赤炭の中に黒炭を補充しながら、きみ子は諭すように穏やかに言った。

「田舎に戻るん、ええ機会かもわからへんし」

「何言うとんがいね。もうちょっとあったこう（あたたかく）なるまで待ったほうがいいがいね。子供の学校のこともあるがやし、もっと養生してからでも遅うないがやちゃ」

懐いてくれている澄夫を見つめながらきみ子が小雪を励ましている。

「ほんまのとこ、いつまで大丈夫ながいて？」

雄権楼の長屋に、小雪親子が居られる期間を開発がもう一度聞いた。

「さあ……まだ聞いていませんのや」

「お見舞いは？」

「さあ……旦那さん今忙しいさかい」

要領の得ない小雪の答えに、長屋の前の乾物屋のおかみさんが苛立《いらだ》って、怒ったように早口でまくしたてた。

「そんなもん忙しいことなんかあるかい。売れっ子の小雪はん以外、忙しいことなんかあるわけないいちゃ。雄権楼かて、踊りの上手い小雪はんでまた宴会が多くなって賑やかになったんやないがけ。儲けに儲けたんやから、少しぐらい面倒を見ても罰が当たらんちゃ」

「おばちゃん……」

小雪が何かを言おうとしたら、大柄なお茶屋のかみさんが身を乗り出した。

「それに旦那さん、今度漁業組合の副理事長になったがいね。廓が廃《すた》れたから言うわけやないがやけど、ほんまに仰山注文が来とるそうやがいね」

「お座敷の注文？」

開発が何のことか解らないまま、つい聞いてしまった。

「何言うとんがいね。川の漁業組合の話しとっがやちゃ。売れとんのは砂利やがいね。庄川の砂利やがいね」

お茶屋はふんぞり返って少し得意顔になっていた。

「なんで？なんでそんなに売れるがいね？」

いつもは情報源になる開発のおばちゃんが少し焦り気味に聞いた。お茶屋のかみさんが意気揚々話を続けた。

「なんでて、今国中の道路を舗装しているやろがいね。そこへもってきて県のあっちでもこっちでも、コンクリートの橋を作っているやろがいね。セメントと砂利がなきゃできんもんばっかりやちゃ。そのうちビルデングいうて大きな建物までそうなるがやて。川原で砂利を集めるブルドーザーを入れたのが大当たりやがいね」

「石っころがお金になるんやろか？」

きみ子がぽつんと言った。

「なる、なる。仰山お金になるがやちゃ。砂金の鉱脈みたいなもんやがいね。取れば取るだけお金になるがやちゃ。でも悔しいけどほとんどお金は県や国に入ってしまうがやちゃ」

得意満面のお茶屋である。何人かのおかみさんたちは初耳の話なので、耳が象のように大きくなっている。

「ふうん……」

きみ子だけは腑に落ちないぼやけた顔をしていた。

「町には金、落ちんがけ？」

開発の目も輝いてくる。お茶屋はかさにかかって続ける。

「動かせばお金になるがやちゃ。運び賃が漁業組合の取り分やちゃ」

「それをするのがブルドーザーとトロッコちゅうわけながいけ?」

開発が自分で勝手に納得している。お茶屋の話はまだ続く。

「なあん、次は大型のトラックやがいね」

「なにね、それ?」

「勝ちゃんのトロッコで運ぶ砂利は国鉄の線路で運ぶがやさかい県外やちゃ。県内の工事現場に運ぶには大型のトラックが一番やがちゃ」

黙って聞いていた反物屋の安田が急に口を開いた。

「ダンプカーゆうがいちゃ。一度に五トンも運ぶだけやないがやちゃ。砂利を載せるときはブルドーザーに川原でワーと載せてもらって、降ろすときは後ろの荷台がゴーっと傾いて上がって一気に砂利をぜーんぶダーと降ろすがやちゃ。人の手が全然いらんがやちゃ。トラックやがいけど今までのトラックやないがやちゃ。うちの息子今免許取りにいっとんがやちゃ」

「そんな便利なもん出来たがけ?」

開発が思わず呆れた声を出した。お茶屋があとを静かに受け継いだ。

「組合で三台そのダンプカーを買ったそうやがいね。春になって雪がとけたら、漁業組合の仕事が忙しいなると言っとったがいね」

「誰が?」

開発は遅れを一生懸命取り戻そうとしている。

「えっ!」

「誰が言うたんやがいね」

「……柳町の江尻の鉄也やがいね」

お茶屋が湯飲み茶碗を手にして、飲み残しの冷えた茶を口にしながら返事をした。すると開発が息せき切ってたたみかける。

「鉄也が何で?」

「江尻の爺っちゃんの代わりに漁業組合に入ったそうやがいね」

「漁をしたこともない鉄也が?」

「何でもダンプカーを買う月賦の頭金を寄付させたんやと」

「どこにね?」

「さあ……なんでも、でっかい金が漁業組合に寄付されたがいと」

「どこがいね、そんなことするが?」

「さあ……そんなことできるがやちゃ呉羽紡績しかないやろがいね」

「ない、ない。あんなけち臭いとこ、理由もなしにそんなことせんちゃ」

「そんな、町にすればどっちでもいいことやちゃ。どっちでも町が潤えばいい話やちゃ、ねえ」

乾物屋のおばちゃんが陽気に笑いながら二人を制し、小雪に振り向いた。

「それよか小雪はん、勝ちゃんとの噂どうなっとんがいね」

「噂って？」

小雪は乾物屋のおばちゃんにけげんな声で聞いた。

「澄夫ちゃんを布目の湯に連れていってるとこなんて、そこらの父親にはできんくらいようやっとるって、みんな感心しとるがやちゃ」

大袈裟に感心する乾物屋に開発が輪をかけた。

「そんだけ勝ちゃん、小雪はんのからだにメロメロながいちゃ」

「おばちゃん、そんなことあらしまへん……勝男さんには頭があがりませんえ……心がメロメロなんはわたしのほうぇ……わたし身体を壊して、ほんまに勝男さんにはあげるものなんにもないのんどすえ」

「小雪はんがお世辞でもそういうと背中がぞくっとするがやちゃ」

「やっぱし玄人の女性（ひと）の言葉やちゃ。伊達やないちゃ」

「ほんまや」

相槌を打つリズムに乗って、乾物屋と開発が同時に笑い出した。つられて倉町のおばちゃんたちはみんなでいつもの屈託のない笑い顔に戻っていた。

そんなところにゲンタの散歩を終えて峰子と清一が帰ってきた。裏玄関から覗くと、陽気なおばちゃんたちに囲まれて、しきりに敷き布団の真ん中で挨拶している小雪と澄夫の母子の姿が見えた。小雪をはさんで走り寄った峰子が澄夫と寄り添っている。無口な澄夫が母の膝の上に座り、久しぶりに母に甘えている峰子と指で戯《たわむ》れていた。障子戸からの薄明かりが気を許した小雪の微笑んだ横顔にあたっている。両手で子供たちをしっかりと抱きしめている。小雪の温かで微笑みのある表情が美しかった。それはまるで柔らかな天女のような姿に見えた。清一が裏玄関からズック靴を脱いで上がると、笑いの中で目を伏せている小雪の顔が一段と白く透けて見えた。少し頬がこけて誰もが支えたいと思う病後の女性であった。清一は部屋に入らず、廊下にしばらく立ち続けた。やがて膝に座る澄夫の動きでその眼差しが傾くと小雪の顔の陰影が大胆に変わった。町のおばちゃんたちの笑いに同調しているが、みんなの笑いにも交わらず、他人にもたれず、強い意志で子供たちを見守る孤立に怯《ひる》まない女の顔に清一には見えてきた。

コツコツと裏戸を叩く音でかすかに揺り起こされた。清一はまだ深い眠りの中にあった。誰かの尋ねてきた声が聞こえ、勝男が起きだした気配があった。夕飯に最後の鮎鮨を持っていけと喜市郎に言われて、トロッコ橋を渡って柳町の勝男に会いに来た。奥の囲炉裏の側で話し込んだ後、あたたかな炬燵にもぐりこんでつい寝込んでしまった。濃い霧の中にたしかに木の擦れ合う音がする。裏木戸をガタガタと引きずる音がする。夜の冷たい川風が震えながら家の中に飛び込んできた。清一は座布団を枕にうつ伏せに寝ていた。

「なんでこないなもの渡したんですか？」

女の人の荒い声がする。昔から聞いていた勝男の母ちゃんの声に似ている。が、違う気もする。おぼろげに同じ言葉が繰り返される。

「こんなことされたら私の面目立ちませんえ」

勝男の母ちゃんは力仕事の合間に竹串を作る内職をしていた。清一が遊びに来ると、いつも奥の仕事場からひしゃがれた声が遠慮せずに飛んできた。それに勝男の母ちゃんはもうこの世の人ではない。やっぱり違う女の人の声だ。

「これ返しますぇ。もう子供たちにも会わんとおいておくれやす」

小雪はんだ。小雪が勝ちゃんに会いに来て怒っている。冷たい隙間風に透かされるように清一の頭の中の霧が鮮やかに晴れてきた。

「黙っていたらわからしません。なんか言ってください」

「……冷えて、風邪をひいたらあかんがいね」

勝男が小雪を強引に家の中に入れて裏木戸を力づくで押し閉めた。聞こえていた夜風が急に泣き止んだ。清一にはふたりの話し声がはっきり聞こえてくる。

「なんで家の子にあんさんの大事な通帳と判子を」

「おわ、使わん金やし……」

「うちの商売はおもらいやあらしませんえ。そりゃ人様に威張れることはしてしません。せやけど子供らにそんなこと教えていやしませんえ」

小雪が無理やり何かを勝男に手渡そうとし、勝男がそれを押し返している。ふたりは同じことをくり返している。清一は顔を横に捻って薄目をあけた。水場の裸電球がぼんやりと二人を浮き上がらすように照らしている。こちらの部屋は明かりもなく真っ暗闇だ。

「おわにはいらん金やちゃ」

「そんな大金、いらんやなんてなんと言う言い草ですか。あんさんが汗水たらしたお金と違います？そんな言い方あらしませんえ」

「こんなことで、夜中に出歩いたら駄目やないがけ。無理しちゃあかんがいね」

「こないなことされると悲しいおます」

「どうやって来たがいね」

「トロッコ橋を渡って来ましたえ」

「寒かったやろ。風も強いし」

勝男がすばやく身をひねって、火箸で灰の中から赤い炭火をかき出している。そして新しい薪を土間の隅から引きずり出して炭火にくべた。薪に炎が立つと囲炉裏の周りから染め散らすように赤い色が広がった。

「せやさかいこれを引き取ってください」

「なんかに使ってくれればいいがやちゃ」

「使えませんえ、人の大事なお金」

「おわはいま金はいらんがやちゃ」

「要らないお金やさかい峰子に渡したんですか？うちらをそんな風に見てはるんですか」

勢い込んで話す小雪の声が急に尻すぼむように途絶えた。静寂が気になって清一は静かに首を持ち上げた。

「小雪はん……」

勝男がひざまずいて、小雪の胸の下に顔を埋め強く抱きしめている。強く抱きしめて小雪の話そうとする力を抑えている。抱きしめられながら小雪は勝男の肩や背を両手を拳にしてたたき始めた。

「嫌どすわ、こんなこと」

勝男は黙ってされるがままにしている。

たたいていた手が疲れたのか、立ちつくしたまま小雪が勝男の首を腕の中で抱き返している。白く長い指が勝男の背中をにじりつかんでいる。

「なんか役に立ったらと思っただけやがいね」

「おおきに、勝男さん……でもそれは違いますえ」

「あんたの……役に立ちたいんや」

「充分支えてもらいましたえ」

息も出来ないほど強く抱きしめられながら小雪が声を振り絞っている。清一はやっぱり見てはいけないと顔を座布団に伏せ戻した。

「好きや。好きなんや」

「わたしも好きどす。せやけど今は言えまへん」

「なんでやがいね」

「……好きという言葉、使いすぎました」

ふたりの乱れた息音が切なく聞こえてくる。清一は呼吸を止めて静かに寝返りを打った。見ない。聴かない。知らないことにしよう。

「好きや、好きなんや」

「わたしも……」

二人の声が途切れ途切れに聴こえてくる。清一の心臓はばくんばくんと炬燵の中で破裂しだした。もう一度身を返して、おそるおそる目を薄く開いてみた。ふたりは激しく狂おしいままに唇を合わせている。水場の小さな灯りが揺れている。小雪が帯をせわしなく解き始めた。着物の前がはだけて、薄桃色の腰巻と白いまんまるい胸が見える。

「抱いて」

「小雪はん、風邪引くがいね。今からだを一番気ぃ張らんなあかんがいね」

勝男が言葉とは裏腹に、小雪の白い胸の中に顔を埋めた。

「それでもよう来てくれたがいね」

「怒らしません？」

「なんでやがいね」

「いろんな男はんに抱かれているんどすえ」

「今のあんたが好きや」

「いいのんどすか」

「ああ、いいがやちゃ」

小雪が勝男に覆いかぶさった。堰《せき》を切ったようにふたりの荒々しい息遣いと衣擦れの音が満ちている。重なり合ったままお互いがお互いの着ているものを引きちぎるままに剥ぎ取っている。擦れ合う音が激しく部屋中に飛び散り、床が抜けてしまうようなきしきしと古板の鳴き音が清一のわき腹に響き渡った。清一は息を殺して顔をもたげてみた。火照った血が心臓の銅鑼《どら》をがんがん鳴らしている。ふたりは重なり合ったまま、囲炉裏の周りをぐるぐる転げたかと思うと、勝男が上になりはち切れそうな白い塊を筵に押しつぶしている。激しく長く押しつぶしている。丸くてしなやかな白いからだが脚を絡めて下からしがみついている。清一はそこに鰻を見た。鰻のよじれたきれいな真っ白い腹肌を見た。裂かれまいとしてまな板の上で、最後の力を振り絞って自ら尖った包丁に異常な力で絡みつく。その必死さが小雪にのりうつっている。猛々しい唸り声が長く続いた。清一は姿勢を元に戻し、炬燵の中で体を二つにたたんで心の中で何も見ていないと叫んでいた。すると吠え合う声がいつの間にか消え、小雪がひっそりと泣き始めていた。ひっそりだけどしっかり長く泣いている。遠慮せずに泣いている。その泣き声に床板の軋みがいつまでも重なっている。

しばらくして息が喉に詰まるような音がした。小雪の悲鳴のようでもあった。清一は心配して無意識に振り返った。小雪が白いからだを勝男の下で揺らすようにそり返していた。また短い悲鳴が聞こえ、どちらかが長くて深い声を漏らした。そしてそのままふたりは息絶えた。息が絶えたと思うほど動かなかった。静寂の中に庄川の流れの音が永遠にゆるやかに聞こえてくる。

「おおきに。私が先にいい気持ちになってしもうて」

しばらくして、落ち着いた小雪の言葉に勝男がハッとして口を開いた。

「あかん……」

「いいのんどすえ」

「……」

「動かないで……このまま……少し寝てましょ」

勝男がゆっくり起き上がって、炬燵のある部屋にやってきた。清一の寝顔を気にしながら部屋の隅にあった綿入れのどてらを抱えていった。そして小雪のからだをその大きな分厚いどてらでゆったりと丁寧に包み込んだ。

「一緒になろう」

そう言って勝男が小雪を包んでいるどてらの中に裸のままもぐりこんだ。

「無茶言うたらあきません」

「……」

「勝男さんの人生むちゃくちゃになりますえ。そんなことようできしません」

「ふたりで頑張れば、峰子ちゃん、澄夫も……」

「子供たちはわたしが何とかします」

「……」

会話が途切れるとまた引き締まった静寂な家に戻った。隙間風に揺れる小さな裸電球と、遠くで低く聞こえてくる庄川の流れだけであった。沈黙のなかで清一の頭の中は濁流に呑まれた動物のようにあらがいもできず乱れていた。大人って凄い生き物だと思った。清一は大人になるというのは背丈だけやなくて、大事なものに命をかけて獰猛《どうもう》になることかと思った。そして大人が契《ちぎ》り合うということを知った。好きな人と契り合うということを知った。清一には忘れられない眩しい光景だった。座布団に顔を伏せながら、峰子のほうが自分より大人なのかと漠然と思った。そう思うことで炬燵の温もりが増してきて、急に眠気が襲ってきた。緩み始めたからだが今の出来事を夢の中のことだと考え始めていた。そうだ夢の中だ。清一は無言で抱き合う二つの生き物を無視して、いつの間にか背を丸め両眼をつむって眠りにつこうとしていた。

5

雪国の冬は朝の寝起きのとき、掛け布団の表面がしっとりと水を垂らしたように濡れていることがある。体温で暖められた空気が明け方の冷たくて湿度の高い部屋の空気に触れ、蒸発もできずに、布団の表面の生地を濡らすのである。その雪国独特の寒さと湿気を逃れて、安眠するために炬燵の埋火（うずみび）があった。一晩はらくらくと持つので、夜寝る前に赤く燃えた炭を灰の中に埋めるのである。炬燵の四方に敷き布団を置き、掛け布団の裾を炬燵の上にかけ、足先をその中に入れて寝る。清一の家族も、一つの炬燵で四人が眠れるから安価で重宝な寝方であった。改まったその年も雪が多く屋根から何度も下ろしたので、道路ばかりでなく小さな中庭まで積雪は人間の背丈ほど固まっていた。

「清ちゃん、おはよ！」

久しぶりに威勢のいい勝男が朝早くたずねて来た。ゴム長靴を履いて、厚手の長袖のメリヤスシャツ一枚に、土方用の分厚い半被《はっぴ》一枚を重ねているだけの薄着であった。綿で作った軍手を外しながら、

「おっちゃんに頼みがあって来たんや」

喜市郎ときみ子が奥の台所から清一の後ろをゆっくり歩いて玄関に出てきた。

「どうしたん？こんな朝早くから」

珍しいことがあるもんだと喜市郎が笑顔で聞いた。

「おっちゃんに今度の日曜日、雪掻き手伝ってもらえんかとおもって来たがやちゃ」

勝男が言いにくいことを言うときいつもそうするように、目を合わせないで頭を掻きながら頼み込んだ。

「そんなこと、お安い御用やけど、何処やるがいね？」

「粉砕場の屋根やちゃ」

「粉砕場の屋根ちゃ頑丈やないがけ？」

「頑丈すぎて逆に雪が一杯積もってしもうて、一度に落ちると鉄道の線路塞いでしもうがや

ちゃ」

勝男の説明に喜市郎は一応納得して機嫌よく答えた。

「雪が降るといっつも徐行運転しとんがいね北陸本線は」

「大門駅から庄川の鉄橋までずーっと上り坂やがいね。金沢方面へ向かう上りはいっつも蒸気機関車がしんどそうやちゃ」

きみ子も嬉しそうに喜市郎の話に割り込んできた。喜市郎が勝男に聞いた。

「本江の爺ちゃんたちは？」

「その日は久しぶりの休みながやちゃ。たまには休まんと無理させたくないがやちゃ」

「わしは無理させてもいいんか？」

「そんながやないちゃ、雪掻きしながら、久しぶりにおっちゃんと話しとうなったがやちゃ。それに……」

勝男がまた目をはずした。

「それに、なんやがいね？」

喜市郎がすぐに聞き返した。勝男が頭を掻きながら言い足した。

「雄権楼の旦那との話し、聞いてて欲しいがやけど……」

「何の話やがいね？」

「借金の話しやがいね」

「勝ちゃん、金借りるがけ？」

想定外の話に喜市郎が少し腰を引くような顔をした。きみ子が喜市郎の前に一歩踏み出して、

「止めとおいたほうがいいよ、勝ちゃん。雄権楼の旦那さんは一筋縄でいかん人やがいね。難しい話になるから止めとおいたほうがいいちゃ。それにお金のことやったら、うちのひとちょっこも役に立たんがいね」

自分でも思いがけないほどに低い声で冷静にきみ子が勝男を諭した。

「いや、おわが借りるんやないが」

「誰が借りるんやがいね」

「小雪はんの今までの借金聞くだけやちゃ」

「そうか。へえ……そうか」

今度は喜市郎がきみ子の前に踏み出した。女の借金を聞いて代わりに返そうとする勝男の態度から喜市郎がふたりの関係を想像したのだ。喜市郎のにやけた顔を見てきみ子が、

「なんやがいね。ふたりでわかったような顔をして」

「それやったら側で聞くだけ聞くちゃ」

喜市郎が少しばかり先輩面を取り戻したように胸を張った。

「あかんあかんちゃ。雄権楼の旦那さんは女の人の借金なんか他人(ひと)に言わんちゃ。旦那さんにしてみれば女の人の借金は商売道具みたいに大事なもんやさかい。絶対に言わんちゃ」

きみ子があわてて喜市郎に声を出した。それでも勝男は拝み込むように頼み込んだ。

「日のあるうちに小屋で会うことになっとんがやちゃ。近くで雪掻きしとってくれるとありがたいんやけど……」

「それはいいがやちゃ……そんでもわしはあんまり役に立たんと思うがやちゃ」


「これ、澄夫ちゃんに持ってけって」

けぶるようにふる雪の往来を走り長屋の玄関を開け、清一は新聞紙に包んだ切り餅を二十個ばかり恥ずかしそうに峰子の前に出した。午後下校してすぐに母きみ子に頼まれた。峰子は三学期の始業式以来、その日も学校を休んでいた。

「わあ、嬉しいわ。清ちゃん、一緒に食べへん」

「澄夫ちゃんは?」

餅を受け取りながら峰子がはしゃぐように喜んだ。

「寒いからはよう上がり。澄夫は今日朝からおかあちゃんと一緒や」

「一緒て?」

聞きながら清一は踵《かかと》を擦り合わせるようにして、ゴムの長靴を脱ぎ始めていた。寒さで靴の中の空気が急冷して長靴が肌に密着して脱ぎにくくなるのだ。

「お金の回収やねん」

「かいしゅう?」

「ツケの集金やわ」

「つけ?」

「お客さんの遊んだお金もらいにいったんぇ」

「遊んだお金?」

「飲んだり、女の人と遊ぶお金を年末までに払えへん人がいるさかい」

峰子が先に奥の部屋に入り、炬燵に足を入れて背を丸めた。

「ふうん……」

「年賀もあけたし、雄権楼の旦那はんにせかされて出かけたんぇ」

「ふうん……お母ちゃん、もう出かけてもええんか?」

清一も足を入れ、炬燵の上に顔をのせ同じく背を丸めて聞いた。

「浅山先生が無理したらあかんてゆうてはったわ」

峰子が顔を向い合せに炬燵にのせて答える。

「ふうん……あ、そうや、ここに深谷のおじこさん来てなかった?」

「陽ちゃん?なんで?」

積雪が風で吹きあがって視界がけぶっている中、清一はこの長屋の玄関まで一気に走ってきた。顔を上げると、見慣れた陽次の走り方の影が道路の先に消えたのだ。確かめようと道路の表面を見たが、雪が深くて靴跡も長屋の前には残っていなかった。休学中の峰子と陽次が話をしていたという噂を最近耳にしていたからだ。

「さっき表の道をむこうへ走っていったがいね」

「知らへんわあ……清ちゃん、それよりお餅どう食べるん?」

意に介さない峰子の返事に、小学校を休んでいる峰子を陽次が訪ねてきていると想像した自分が恥ずかしかった。

「火であぶるだけやちゃ。火鉢ないが?」

「炬燵じゃいけん?」

大丈夫という返事に清一は顎《あご》を縦に振ってうなずいた。

「ほな炬燵であぶりまひょ」

「峰子ちゃん、どれ食べるが?」

「うち、豆餅と紅いのんがいいんぇ」

「おわは昆布と黄色や」

ふたりは派手な花柄の掛け布団を捲《まく》り上げた。炬燵の上蓋《うわぶた》になっている金網に黄色と紅の餅をのせた。それぞれが腹ばいになり、上半身を炬燵の中にもぐりこませ顔を餅に近づけた。

「そんなに顔寄せると火傷するえ、清ちゃん」

「せえへんて。それよりどっちが先に焼けるがいね」

「賭けはる？」

「なにね？」

「どっちの餅が大きくふくらむか賭けしまへん」

「なに賭けるがいね？」

「勝った人の好きなように」

「よぉーし」

清一は頬をふくらませ、自分の餅の下のくすんだ炭に息を吹きかけた。

「いけずやわあ。まだハイゆうてしませんえ」

峰子も負けずに息を吹きかける。灰がたったが、二人ともカエルが這いつくばったように息の吹きかけに頑張った。黄色と紅の餅がほぼ同時に表面がひび割れてふくらみ始める。

「わー、ふくらんだ、ふくらんだ」

「あいこや」

清一は炬燵から火照った赤い顔を出して残念がった。

「つまらんわあ。うちが勝って、清ちゃんに命令したかったぇ」

「じゃあ今度は豆餅と昆布とで勝負やがいね」

清一は熱くなったのでセーターを脱いで、また畳にうつ伏せになって炬燵に顔を突っ込んだ。

峰子もまた這いつくばってカエルの姿勢をとった。今度は微妙に息をゆるめて峰子に勝ちを譲ろうと清一は考えた。

豆餅のほうが先にふくらんだ。

「うちの勝ちえ」

「そうや。勝ちやちゃ。峰子ちゃんの勝ちや」

「そやけど、餅のふくらみきれいやねぇ。清ちゃん好き？」

「豆餅か？」

「違う、違う。餅のふくらむとこや」

清一はドキッとした。餅の白い中身がふくらむとき、囲炉裏の炎で照らし出された小雪の白くてきれいな胸のふくらみを思い出していたからだ。峰子にそれを悟られたくなくて、

「豆餅食べるか？」

「ええ、けど、清ちゃん、賭けに負けたんやから食べさせて？」

熱い餅を指先と手のひらで転がすように金網から取り上げ、二つに割って、息を吹きかけて冷まし、峰子の顔の前に突き出した。

「違うのんえ。清ちゃんが端っこ噛むんや。噛んで、峰子に食べさせて」

「……餅を噛むんか？」

「賭けに負けたんやから文句言わないの」

「……恥ずかしいて出来んちゃ」

「清ちゃん、約束違反や」

峰子が襖を勢いよく開けて押入れの中に隠れるように入ってしまった。襖は拍子木のような乾いた音を残して閉められた。また怒らせてしまった。襖越しに声を落として問いかけてみる。

「峰子ちゃん、餅いらんがけ？」

「……」

「ほんまにいらんがけ？」

「いりまへん」

「ごめんな、峰子ちゃん。もういややなんて言わんちゃあ。そやさかい、そんなこと言わんといてぇな」

「……」

「堪忍やがいね峰子ちゃん」

「ほな、清ちゃん、食べさせて？」

音もなく襖が開き再び顔をのぞかせた峰子がほほ笑んだ。誘われるままに押入れの中に屈み込んだ。互いの足を交互において向かい合って座り込んだ。そして半分に割った餅の端を噛んだ。

「うう……」

餅をくわえているために、ほらというつもりが言葉にならず呻き声とともに顎を突き出した。峰子が形のいい唇を小さくすぼめて目を瞑った。そして少し唇を開け、餅の片側の隅をかじった。

「ちょっとずつぇ」

かじる餅がだんだんなくなって、唇と唇が今にも触れるかと思ったとき、

「キスしまひょ、清ちゃん」

「……」

あの夜の勝男と小雪のいろんな姿が幻燈写真のように浮かんできた。頭の中と心臓が今にも破れそうに高鳴っている。ふいに峰子が清一の右手の手首を掴み、左胸の上に誘った。手のひ

らがブラウスの上から小さくふっくらとした塊に触れた。

「うち、これから女になるんえ」

いつも峰子は女の子らしい女だと思っていた。峰子が言い間違えたんだと思った。どう答えていいのか迷っていると、

「清ちゃん聞いてはる?」

「うん」

「見て見る?」

「えっ?」

「……ここ」

峰子がさっさとブラウスのボタンをいくつかはずして、清一の右手をブラウスの中に誘った。清一は祭りの夜店で売っているひよこの感触を思い出した。力を入れてはいかんとおっかなびっくり手のひらにのせた感触だ。そのとき頭に大人になるという言葉がよぎった。大人の契り合いの獰猛な動きがよみがえった。清一の指先は峰子の胸の小さなふくらみをそのままぎゅっと掴んだ。

「痛い」

「あっ、ごめん。堪忍やちゃ」

手を離しながら、とっさに謝る自分を恥じた。峰子が痛さに一瞬顔をしかめたが、すぐに誇らしげな表情にかわった。

「うちの胸、きれい？」

「うん」

「女の胸見んの初めて？」

「……うん」

「大人になるとここがふくらむんえ」

ひよこの口のように小さくへこんだ淡い薄桃色の乳首を峰子が指した。

「胸ももっと大きゅうなるし」

「うん」

清一は小雪の胸と比べ、峰子のは小さくて可愛いと思った。

「ほかに見たい思うとこある？」

「ううん」

峰子がそっと清一の股間に手を滑らせた。ズボンの上から触られただけなのに、今まで味わったことのない感覚が走った。いつの間にか硬くなっていたのだ。清一は自分の体の変化に自分で驚いていた。

「ここが大きくなるとこ」

「知らんちゃ」

「清ちゃん、いつ大人になるんえ」

「峰子ちゃんこそいつながいね」

「うちはまだはじまったばかりえ」

峰子は明るく答えてくれたが、清一は意味がわからないまま、ただ音のやり取りで会話をしているだけだった。指先に残るほのかなふくらみは襖の隙間から漏れてくる光より目映《まば》ゆかった。峰子がブラウスのボタンをもっとはずそうとしたので、清一は不安になりあわてた。

「……おわ、もう帰るっちゃ」

「待って……清ちゃんに見せたいことあるんぇ」

峰子が清一の足の絡みをほどくようにして押入れを出て立ち上がった。

「……なんやがいね?」

立っている峰子を見上げながら聞いた。半纏を羽織った峰子が清一を押入れから引っ張り出し、セーターを着せ、裏口から長靴に履き替えさせ、古い蔵の入り口にぐいぐい軒下伝えに連れて行った。

「ゲンタは?」

「雪が仰山やさかい勝ちゃんとこぇ。家の中で暖かくしてもらえるさかいに……」

蔵の古ぼけた重厚な扉を峰子が力いっぱいに引き開けた。中から黴《かび》臭さと防腐剤の臭いが綯《な》い交《ま》ぜになって押し寄せてきた。蔵は天井が高くて、太いロープが何本か下がっていた。それに壊れかけた機材が埃を被ってごろごろしていた。漆喰《しっくい》の天窓から差し込む光だけで充分隅々まで見渡せるし、真ん中に広い木造りの階段があった。その踊り場に薄っぺらな古い座布団が一枚おいてあった。

「ここは昔女の人をお仕置きするところぇ……」

倉町にこんなところがあるとは知らなかった。蔵の中の生温かい空気が気味悪く、清一は今にも横笛のような風が吹き幽霊が出てきそうで怖くなった。

「おわ、もう帰るちゃ」

清一は寒さに震えるようなしぐさをした。

「怖くなったん違う？」

笑いながら少し意地悪な目をして峰子が茶化した。

「違うちゃ」

「うち、ここんとこここで三味線弾いてるんぇ」

峰子が踊り場の座布団を指さした。どうりで雪が降り始めて三味線の音がしなかったわけだ。

清一は、雪が音を吸収しているのだとばかり思っていた。

「怖くないが？」

「土蔵の中は暖かいし、電気も灯《つ》くし怖くなんかないぇ」

「……」

「清ちゃん、うちこの町に来て、初めて三味線弾くの好きになったんぇ」

「ほんまか？」

峰子がひょいひょいと機材の間を通り抜け、音をきしませて階段を上った。

「ここで弾いてると、仰山の人が聞いてる気がするんぇ。和田川の風の音が人を恋しくさせるんぇ。……前のおかあちゃんも聞いてるような気がするんぇ」

「ふうん」

峰子が階段の隅にある見えにくいところから三味線を取り出して、

「この三味線おかあちゃんの形見やさかい」

「そうなん……峰子ちゃんの三味線いい音やがいね」

清一はそう言いながらやっと蔵の中に足を一歩踏み入れた。

「ほんまに？清ちゃんほんまにそう思う？」

「うん」

「けど、三味線が上手くならへんわ。ここやと三味線の弾き方教えてもらえへんさかい」

「でも三味線上手いがな、峰子ちゃん」

「もっと仰山上手くなりたいんやわ」

峰子が座布団に座って背筋を伸ばし息を整えて、音をいとおしむように爪弾きはじめた。峰子の弾く踊り場で、小雪姉さんが日本髪で長い裾をさばきながら舞っている芸者姿が浮かんできた。大人になったら峰子もまた腰をたたんでそう踊るのだろうか。清一はしばらく峰子の三味線に静かに聞きほれていた。

「上手くなって、お金稼いで、おかあちゃん楽させてあげたいんえ」

「峰子ちゃん、偉いなあ」

「そないなことないえ、清ちゃん。清ちゃんこそええなあ、自由に生きられて。うらやましいわあ。うちは生まれたときから仰山借金あるし、生きてく道がいっつも一本しか見えへんのえ」

三味線を元に置いて、峰子が階段をゆっくりと下りてきた。

「清ちゃん、うち、三味線と一緒に生きて行こうと思うんぇ、どない思う？」

「うん、いいちゃあ。いいことやがいね」

清一はこみ上げてくる熱い思いを体中にこめて返事をしていた。

「……清ちゃん」

「うん？」

「清ちゃん、大きいなったらうちの三味線聞きに来てくれはる？」

「うん、どこへでも行くがいね」

「離れていても、いつになっても楽しみにしてるえ」

ぎこちなくふたりとも惜しむように蔵の外に出て、錆びてすべりの悪い扉を力を込めて閉める峰子の背に清一はぽつりと言った。

「……引っ越すんか？」

「……」

峰子は扉を見つめたまま黙っていた。


日曜日の夕方、明るいうちにゲンタの散歩をしようと清一は置屋の裏に行った。ゲンタはいなかったが、小雪の強い口調が扉の開いた蔵の中から漏れてきた。雄権楼の旦那と言い争っている声だ。清一は峰子の引っ越しの情報を知りたくて、蔵の扉の陰に身を潜め聞き耳を立てた。

「旦那はん、余りやおまへんか。人を虫けらみたいに」

「なにがいね。誰が虫けらながいね」

「いくら水商売の女でも、芸者には芸者の意地がおます。義理も張りもおます。ただの身売りと違いますえ。そんなことようけおわかりでっしゃろ。男衆がやらなあきません仕事をなんでわたしにやらせるんどすか？」

「今は男衆がいないがな」

「廓のツケは女がやるもんどすか」

「仕方がないがな。……それにお前の借金も少ないほうがいいがね」

「借金はなくなる話やおませんの」

「一年の年季を納めればやがいいね」

「よくもはんなりと白々しく言えますなあ。わたしは充分に役目を果たしたんと違います」

「わしにも事情があるがな」

「旦那はん、男と女の約束やおませんか？」

「廓は今、火の車やがいね」

「組合に注文が殺到してるんとちがいますか？」

「春先にならんと金が入らんがいね。お前だって商売してるんや、それぐらいわかるやろ。それに今回限りや。もうさせんちゃ」

「ほんまどすか？」

「ああ最後や」

「ほんま?……」

「わしだってお前を離したくはないがやちゃ。これほんまの話や。けど、病が病じゃ。なんともならんがいね。あとは……」

「後はなんどす?」

「この町を波風立てずに去(い)ってくれ」


大人のむつかしい言い争いには興味がなかった。峰子がいつ引っ越すのか、どこへ引っ越すのか知りたかったのだ。その話は出そうもなかったが、引っ越すのは間違いのない話のようであった。清一は置屋の裏庭を出て、雄権楼の裏から和田川を渡って柳町へ走った。

勝男の家に近づくと、ゲンタの散歩を求める鳴き声が聞こえてきた。ゲンタを連れて西町の大門神社に行き、中町から田町の角を曲がって旭町の商店街の前を通過し、国鉄の線路をくぐって呉羽紡績の工場横に出た。二時間近く歩いて、町はもう暗くなりかけていた。紡績工場横の引込み線に導かれながら砂利の粉砕場に向かった。雪掻き機関車が何回も通って、線路上の雪を圧し固めるので意外に歩きやすいのだ。灯がともる粉砕場が見えてきたとき、ゲンタのピンと立った耳が動いた。ロープをぐいぐいと、体中を躍動させて引っ張り出した。首輪が切れそうな勢いなので、周りに人がいないのを確かめてロープを離した。ゲンタは走った。雪の上を滑るように走った。小屋の入り口に回り込んで戸の前で前足を踏ん張って吠え狂っている。

「勝ちゃん！いるがけ？」

清一が叫ぶと同時に喜市郎が引き戸を開けて顔を出した。裸電球が引き戸からの風にあおられて、小屋の中で揺れている。清一がのぞきこむと、部屋の隅で体をへたらせて崩れ落ちている勝男の姿があった。顔は血の気がなく、たった今試合でノックアウトされたボクサーみたいに力なく縒《よ》れた死体のようであった。


その日の夜、埋火の炬燵に足を突っこみながら寝ている喜市郎にきみ子がたずねた。雪掻きから帰ってきて、喜市郎は夕食時も含めて一言も発せず、無口なままであった。きみ子は夕暮れの雄権楼の旦那との話し合いの結果がどうなったのか気になっていたのだ。

「そんで勝ちゃん大丈夫ながけ？」

「……ショックやったがいね」

喜市郎も掛け布団を顎の先まで引きあげながら、思い出すようにゆっくり答えた。間をおいてきみ子が子供たちに気を遣いながらまた声をかけた。

「五百万円じゃ桁が違うがいね」

「見たこともない金やちゃ」

「勝ちゃん稼いだ金を大概貯めてたがいね」

「そんでも五十万にもならんちゃ」

「この辺じゃあ五十万ちゃ大金やちゃ」

「そうやちゃなあ」

「意気込んでいたからやちゃ、勝ちゃん」

「小屋で旦那に借金の額を聞かされたとき、へたり込んだがやちゃ、勝ちゃん」

「そうけぇ、大丈夫ながけ？勝ちゃん」

「その上もう一発頭にガンやがいね」

「なにね？」

「旦那が言うに、四ヶ月の小雪はんの稼ぎで雄権楼はそれ以上にでっかいと儲かったがやと。小雪はんがちょこんと旦那に頭を下げればそれで済む話やと」

「そんならいいがいね。勝ちゃん落ち込まんでもいいがやちゃ」

「なんで？」

「借金の心配せんでいいがやろ」

「だらか、お前。そんなことやないがいね」

「なにね？」

「旦那が言いたいのは格が違うということやがいね」

「ようわからんがいね」

「稼ぐ力がめちゃめちゃ違うがいね」

「それがどうしたがいね」

「小雪はんは勝ちゃんが惚れる相手やないということやがいね。二人の噂がこの町で広まったら雄権楼が困るということやちゃ。そうしたら借金は取るぞっという話やがいね。勝ちゃんに、そう念を押したくて旦那はわざわざ小屋に出向いたがやがいね」

「そんなもんけ」

「この町で二人の惚れた腫《は》れたは認めんちゅう話やがいね」

「ふうん、そうながいけ」

きみ子がそういいながら身体をずらして温もった足を炬燵から引き抜いた。しばらく沈黙が続いて、もう一回寝返りを打ってきみ子は喜市郎に聞いた。

「勝ちゃん、大丈夫やろか？」

「……うん……」

喜市郎が返事をしたかしないかわからないまま寝息を立て始めた。清一も同じときに炬燵の反対側で深い眠りに落ちていた。きみ子は寝息だけが聞こえる布団の中で、我慢で耐えるしかない世間のむつかしさを漠然と思っていた。

それから三日が過ぎた水曜日の朝、久しぶりに峰子が小学校に登校して来た。前日の朝から降っていた粉雪が今朝はぼたん雪に変わろうとしていた。授業の始まる前に、春木先生が峰子の転校のことをクラスに告げた。

「いつ、行くがいけ?」

「どこへ行くがいね?」

峰子の周りは博や宗雄をはじめ男の子ばかりだった。その中に清一もいた。ひと時の喧騒が終わると峰子は最後に丁寧な一礼をし、男の子たちと握手してそのまま教室を出て行った。二階の教室の窓を開けて男の子たちは手を振ったり声をかけたりした。赤い蛇の目傘を半分すぼめながら、峰子は一度も振り返らずに正門から帰って行った。降りしきる雪がときどき風にあおられて峰子を隠そうと暴れまくっていた。

その日の夜十時ごろ大門駅のほうで汽笛がなり、上りの最終列車が息せき切ってゆっくり駅から坂を登ってきた。風が凪《な》いでぼたん雪に変わり音もたてずにしんしんと降っている。そんな中での徐行運転だから、列車からは倉町の夜の町並みがよく見えるはずだ。ふんわりゆったり真っ白な綿帽子を被っている二列の屋根が、ところどころ派手に提灯の明かりで赤く染まって、それが花街独特の証であった。

清一と博と宗雄はそれぞれが懐中電灯を持ち、積雪でひと気のない道路の真ん中に陣取っていた。峰子が列車の窓から必ず見ている、そう思いながら三人は懐中電灯を振り回して見送るためにスウィッチを入れた。

「あれ何け？」

博がまず声を出した。

「空が赤いがね」

宗雄が続いた。赤い火の粉が雪空一面に飛び散り始めた。町の通りから見上げると鉄道の堤防の黒い壁にさえぎられ、炎の先だけがやけに高く見える。

「火事や！火事やがいね！」

三人が騒いだ。清一は家の玄関を開け父の喜市郎に伝えようとした。

「父ちゃん、火事や！」

最後まで言い終わらないうちに、喜市郎が合羽を着たまま家から飛び出して来た。

「危ないからここにおらんな（居なさい）」

大きな声を残して粉砕場に走った。火の粉は瞬く間に燃え広がり線路を塞いでしまった。接近してきた上り列車は鋭い金属音を引きずりながら急停車した。灯りを持った車掌が最後尾の列車を降りて、後ろから前のほうへ雪が固まった脇を走ってくる。雪が落ちてくるだけの闇夜である。車掌の灯りの線だけが小刻みに震え動転している。客は向こう側に集まっているのか、こちら側の窓はピクリとも動かない。真っ先に清一が約束を破って、和田川沿いから回り込んで走った。父の残した足跡からはみ出さないように懐中電灯を消した。雪明りだけのほうが目を馴染ませ、視界が広がるのだ。博も宗雄も清一の後に続いた。三人は五分ほどで裏手の粉砕場にたどり着いた。と、同時に列車がゆるりと動きだした。白い蒸気を上下に撒き散らしながら鉄の大きな車輪が回転し始めた。蒸気機関車がピーっと高い汽笛を鳴らし和田川の鉄橋をゆっくりと渡り始める。六両の客車が清一たちの目の前を何事もなかったように通り過ぎていく。車掌が一番後ろの車掌室の窓を開け、肩で呼吸しながら敬礼していた。三人は列車を見送るまま見上げていた。列車の後姿が庄川の鉄橋を急いで走り渡り、闇に溶け込むように消えて行った。

「峰子ちゃん見た？」

博が眼をまん丸にして聞いた。

「そうや、峰子ちゃん見た？」

宗雄が白い息を弾ませながら、同じことを清一に聞いた。

「ううん、見んかった」

峰子が町側の窓に澄夫と張り付いていたはずだ。峰子を三人で思い出に残る見送りをしようと考えに考えた方法だった。それなのに列車が町を通過するとき、三人とも峰子から見えないところにいた。

「清ちゃんが走ったからや」

「そうやそうや、清ちゃんが走ったからや」

ふたりのなじり声に逆らうことも出来ず、かといって謝ることも出来ずに呆然としていた。

「清一、来ちゃ駄目や言うたろうがいね」

喜市郎が雪を踏みしめながら粉砕場の坂を下りてきた。清一は目を落として、言い返す言葉がなかった。

「夜遅いさかい危ないいちゃ。清ちゃん」

暗がりの中から鉄也の声が聞こえてきた。見まわすと見覚えのある人影が見える。柳町の獅子舞のあんちゃんたちである。みんなで鉄道の線路脇の雪を大きなスコップでどかしていた。

「あれっ、小屋あるがいね。燃えとらんぜ」

素っ頓狂な声を博が出した。

「火事やないがけ？」

清一の声に喜市郎が困惑の顔をした。

「清ちゃん見とったがけ？」

鉄也が笑っている。鉄也は背が高く地下足袋を履き、紺の半被《はっぴ》に幅広の鉢巻をして、粋のいい職人のような格好をしていた。

「炎が見えたがいね」

博が唇を尖がらせて言い張った。

「堪忍やがいね。驚いたやろ。堪忍やちゃあ」

鉄也が丁寧に頭を下げた。

「空が真っ赤やったちゃ」

博と宗雄が同時に言った。

「心配したろう。堪忍やがいね。でも、雪を放り投げてすぐに消したがやちゃ、大丈夫やちゃ」

今日の鉄也はやけに優しいしゃべりかただ。

「なんながいね？」

もう一度清一がしつこく聞いた。

「雪が線路に被ったさかい、火をたいて機関車に危険を知らせたがやちゃ。トロッコの中で火をたいたがやけど、材木に油をかけすぎたがやちゃ。堪忍な、驚かして」

線路脇で作業をしていた人たちがスコップを片手に引き上げてきた。暗い雪景色の中に細い電柱が少し傾《かし》いで一本埋もれ立っていた。電柱の中ほどに裸電球の丸い灯りがボワーッと小さな風船玉のように浮いていた。

「さ、済んださかい、引き上げまいけ」

灯りの外の誰かが大きな声で言った。四、五人かと思っていた人数が集まってくると十人近くになった。勝男がいないか清一は目を凝らして探した。

「あれっ、勝ちゃんは？勝ちゃんはいないがけ？」

「風邪引いて熱出したがやちゃ。先に帰ったがいね」

喜市郎が清一に声をかけてくれた。柳町の男たちが鉄也を真ん中にしてトロッコ橋を渡り始めていた。彼らはスコップをさまざまな格好で持ちながら、賑やかな人数分だけ橋の上に多くの足跡を残していった。青く光った星が鮮やかに二つ三つ見えて、二日間絶え間なく降り続いた雪がいつのまにかやんでいた。

次の日もその次の日も、清一は学校から帰ってすぐにゲンタに会いに行った。置いて行かれて泣き顔のゲンタが夢に出てきたのである。ゲンタは勝男の家にも、峰子の長屋にもいなかった。そのうえ勝男の家には表も裏も鍵がかかっていた。風邪で寝ているとしても、こんなことは初めてであった。何度訪ねても誰も居る気配がないので、庄川の川原まで範囲を広げて探した。清一は町中を歩きながら段々切なく、哀しくなってきた。雪にゲンタの足跡も見つからないのである。

一週間ほどして、夕御飯の鱈の煮凝《にこご》りを箸でつつきながら、

「勝ちゃんも、ゲンタもどこにもいない。どっかいなくなった」

涙を目に浮かべて恥ずかしげもなく清一は泣き出した。義則もゲンタを探しに清一の後をついてまわったから、兄に続いて泣き出した。

「清一、峰子ちゃんのときは泣かんかったのに、ゲンタでは泣くがけ?」

心配そうな顔をして喜市郎が清一の顔を覗き込んだ。

「ゲンタは峰子ちゃんも澄夫も好きやがいね。置いていかれたら死んでしまうがいね。捨てられたと思うがいね」

清一はぽろぽろと涙を落としながら訴えた。

「そりゃあ必死やろがいね。ゲンタも自分は一家の一員やと思うとるさかい」

自分の肉が引きちぎれてもロープをぐいぐい引張るゲンタの姿を思い出して喜市郎は胸を熱くしていた。

「清一も義則も泣かないがやちゃ……泣いたらゲンタに笑われるがいね。ゲンタも勝ちゃんもすぐに戻って来るさかい、心配せんと」

喜市郎にそうは慰められても納得のいかない日々が続いた。

春休みに入って土手の陰にある残雪もとけ、日なたには土筆《つくし》ん坊《ぼう》が勢揃いし始めていた。冷たい春の風もおさまり和田川の水が温んで、小さな鳥たちの囀《さえず》りが賑やかになる朝、鉄也が喜市郎を訪ねてきた。玄関でしばらく話しこんで、それから喜市郎ときみ子に深々と頭を下げて帰って行った。

「鉄也あんちゃん何ね?」

朝餉《あさげ》の卓袱台に戻ってきた喜市郎に清一はたずねた。

「明日からトロッコ再開やがね。その挨拶やがちゃ」

「勝ちゃんいないのに運転すんがけ?」

「そうやちゃ。勝ちゃんの代わりに誰か探すそうやちゃ」

清一は急に不機嫌になった。勝男がもういないのかと思うと誰とも話す気がなくなった。卓袱台の上には昨日の夕飯に出たおかずが今朝も並んでいる。

「今日もまた鱈け？ また鱈食べるがけ？」

清一は目の前にあったというだけで食べ物に八つ当たりをした。

「なに言うとんがいね。まだ二日続いただけやがいね。三日目やないが」

きみ子は表情を変えないで堂々と答えている。農村出のきみ子は一度に多くの量を調理し、それを二三日小出しにして、空いた時間を労働にあてるようにしていた。

「それに今朝は白子のお味噌汁がプラスやちゃ。昨日浜に上がった取れたてのキトキト（新鮮）やがいね」

「清一、ちょっと話があるから正座しなあかんちゃ」

喜市郎が普段より落ち着いた低い声で話しかけてきた。清一はあわてて悪態をつくのを止めることにした。食べ物の、しかも魚のことに不平や不満を言ったとき、頬に父の平手の凄いのが飛んでくることに気づいたからだ。義則は要領よくきちんと正座に変えている。清一も警戒しながらゆっくり座り直した。

「清一、昨日鉄也のところに勝ちゃんから連絡があったんやて」

「えっ、勝ちゃんから、どこに居るが？ 元気なが？」

「みんな元気やさかい、うちによろしくと、鉄也がさっきそう言いに来たがやちゃ」

「ふうん……みんなて？」

「みんなやがいね」

「勝ちゃん何しとるが？」

「勝ちゃんいま自分が一番したい仕事に精出しとっがやちゃ」

「ふうん……どんな仕事？」

「魚をとる仕事やちゃ。漁師やちゃ」

「どこで？」

「琵琶湖やちゃ」

「何で琵琶湖ながいね」

「小雪はんの生まれ故郷やがいね」

「……峰子ちゃんたちも琵琶湖に居るが？」

「そうやけど……くわしくは解らん。でもゲンタも元気しとるがやて」

「ふうん……」

「落ち着いたら改めて連絡くれるって……ちゃんと清一にもくれるって」

「えっ、ほんま？ほんまに？」

「琵琶湖は一年中淡水魚が取れるさかい、生活には一番いいところやちゃ」

清一は少し嬉しくなった。嬉しくなったぶん舌が滑らかになった。

「魚とるの、勝ちゃん大好きやもんね」

「誰にでも好かれるさかい、すぐさま一人前の漁師になるちゃ」

「勝ちゃん、とうちゃんの弟子やもんね」

「勝ちゃん生き甲斐見つけたがやちゃ」

「なに？いきがいって」

「好きな人のために働くことやがいね」

「好きな人って……小雪はんのこと？」

「勝ちゃん柳町の男やがいね。なあんも言わんけど、一途《いちず》な男やがいね」

「いちずって？」

「真っ直ぐってことやがいね」

大きな樽の中から、白菜の漬物を丼に山盛りにしてきみ子が言った。

「勝ちゃん、いつ琵琶湖に行ったがいね？」

「うん、まあ……そうやな」

喜市郎が白菜を頬張り、その音の大きさで答えをごまかしている。

「母ちゃんは勝ちゃんが琵琶湖に行ったの知っとったがけ？」

「それよか熱いうちに味噌汁食べられんか？」

「知っとったがけ？母ちゃん」

「知らんちゃ。知らんけど、列車に乗ったのは知っとったがやちゃ」

自分で言った後、きみ子がアチャーという言葉を顔の表情でした。

「列車？」

「……」

「どういうことね？とうちゃん、どういうことね？」

黙っているきみ子に聞いても仕方がないと思い、矛先《ほこさき》を喜市郎に向けた。喜市郎が味噌汁をすすって一息心を落ち着かせた。

「清一、あの夜な……小雪はん一家が大門を出た夜のことやちゃ。見送りにも行かんと、家でぐずぐずしとる勝ちゃんがいたがやちゃ。ゲンタは落ち込んで元気がないし……鉄也が心配して、わしに相談に来たがやちゃ。そこで話がまとまって、柳町の若い衆が助けてくれたがやちゃ」

「ようわからんちゃ」

「父ちゃん話が遠いがね」

清一が首をかしげているのを見かねて、きみ子が口を出した。

「要するに、あの夜、止まった列車に勝ちゃんとゲンタが乗ったがいね」

今度は喜市郎が話す手順をはしょって、大きな声を出して結論から先に言ってしまった。

「列車って峰子ちゃんの乗った列車?」

「そうやちゃ。列車が止まったとき、乗って行ったがやちゃ」

「どこまで?どこまで乗ったが?」

「琵琶湖までやろがいね」

「琵琶湖行きまでって無いちゃあ」

「じゃあ金沢までやちゃ。そこから乗り換えたがやちゃ」

「ふうん……車掌に見つかったら降ろされんけ?」

「誰が?」

「勝ちゃんは切符買えばいいが、犬は駄目やないが?」

「大きなリュックサックがあるがいね。軍隊から帰ってきたとき背負っていたがいね。それやったら大丈夫やがね」

ご飯茶碗と箸を卓袱台に静かに置き、きみ子が自信満々に答えた。清一は窮屈そうなゲンタを想像した。

「ゲンタ息つらないがけ?」

「こんだけ破って、網を重ねて縫えばいいがやちゃ。息は大丈夫やちゃ。外からは見えんし、中からはよう見えるがやちゃ」

きみ子が親指と人差し指で二十センチぐらいの四角形を作り事細かに説明している。清一はそれを縫って作成したのは母のきみ子だとひらめいた。

「ふうん……」

「ゲンタは賢い犬やちゃ。事情がわかるさかい、死に物狂いで吠えとったがやけど、リュック見せるとぴたっと止んだがやちゃ。それからは尻尾は振るけど一言も吠えんがいね」

自分たちの自慢話に気が引けたのか、喜市郎が町の人を讃えた。

「車掌が機関車に走って行く間に、ゲンタを背負って勝ちゃん最後尾の列車に乗ったがいね。鉄也が背中を押して、町のみんなで列車に押し上げたようなもんやちゃ。機関車の前の雪を退《の》かす者もいたから、みんなのチームワークやちゃ」

清一はあの夜、丸い灯りに目を走らせて一生懸命勝男を探したことを思い出していた。そして後日、町の隅々まで捜し歩いたことを思い出していた。どこにも見当たらなかった理由がわかって飛び上がりたいほど嬉しかった。はしゃぎたかった。

「この白子ほんまにうまいちゃ」

食べ物に集中していた弟の義則が汁と一緒に最後の白子をすすって、清一の気持ちを代弁してくれた。

それから暖かい日が続き、十日もしないうちに和田川の桜が咲きだした。春休みも四月に入り町の桜は五分咲きだが、川べりの桜は少し遅れて三分咲きになった。清一は博と宗雄を誘って粉砕場に行き、臨時作業の鉄也にトロッコをねだった。鉄也が快くうなずいて、運転を新しい人に任せ自分も乗りたいと、トロッコに飛び乗ってきた。トロッコはゆっくり動き出し、坂でどんどんスピードを増し、勢いよく和田川を渡り柳町の桜の森に突入する。スピードが落ちたところで右に極端に曲がり、再び小さな桜の森のトンネルをくぐり、庄川の土手を長く加速しながら滑り降りていくのである。まだ桜の樹の上のほうはほとんどが蕾であるが、清一には満開の気分であった。ひんやりした気持ちのいい春風が肌に走って爽快であった。トロッコの車輪の軋む音に負けないよう、鉄也が大きな声で清一に話しかけてきた。

「清ちゃん、トロッコは和田川のジェットコースターやがいね」

「えっ、なにね？あんちゃん」

「清ちゃん知らんがけ？ジェットコースターって」

「知らん。なにながいね」

「映画館のニュースで見たがやちゃ。去年できた後楽園ゆうえんちのジェットコースターが東京で今流行っとんがやちゃ」

「なにけ?……音がうるさくてよう聞こえんちゃ」

「ここは和田川ゆうえんちやがいね」

「なに?……よう、わからんちゃ」

トロッコが和田川の橋を渡り柳町の桜の森を通過するとき、清一には鉄也の話し声はもう聞こえていなかった。車輪の摩擦音までがどこか遠くへ飛んでゆき、家越しにかすかに聞いた峰子の三味線の音が耳に広がっていた。峰子と小雪のはにかんだ笑顔が浮かんだ。二人に出会って自分も何か変わらなければならないとはっきり感じていた。トロッコが青の小屋を右に曲がって庄川に突入するのと同じに、確実に自分も大人の世界に入っていく予感がした。バサッと音がして、清一たちの目の前をなにか塊がよぎった。トロッコの音に驚き、線路脇にいた二羽の真っ白な小鷺が羽根を広げて桜の森に飛び上がったのだ。


(了)

著者略歴

よねやま順一　１９４６年　富山県射水市大門町に生まれる。明治大学大学院で演劇修士課程卒業。助手補から劇団文学座文芸部に所属。30歳で企画会社を設立。様々な商品開発を手掛ける。60歳でパーキンソン病を発症、代表取締役を辞任。その後、慶応義塾大学大学院に文学特別研究生として学ぶ。２００８年の「三田文学」秋季号に戯曲・『近松門左衛門・一つ思いの恋』を発表。『トロッコ橋』は２０１０年の秋に、ＮＨＫの愛宕山博物館大ホールで書き下ろし朗読作品『和田川のトロッコ橋』として上演。

トロッコ橋

二〇一七年十二月二十日　初版発行
定価　一、五〇〇円＋税

著者　よねやま順一
発行者　勝山敏一
発行所　桂書房
〒九三〇―〇一〇三
富山市北代三六八三―一一
電話　〇七六―四三四―四六〇〇
印刷　株式会社すがの印刷

ISBN:978-4-86627-041-8

地方小出版流通センター扱い